海伦 著

一个人也能很幸福

HAPPINESS

湖南文艺出版社
HUNAN LITERATURE AND ART PUBLISHING HOUSE

博集天卷
CS-BOOKY

图书在版编目（CIP）数据

一个人也能很幸福 / 海伦著. —— 长沙：湖南文艺出版社, 2013.1

ISBN 978-7-5404-5412-8

Ⅰ.①一… Ⅱ.①海… Ⅲ.①女性 – 幸福 – 通俗读物 Ⅳ.①B82-49

中国版本图书馆CIP数据核字(2012)第256489号

上架建议：女性·励志

一个人也能很幸福

著　　者： 海　伦

出 版 人： 刘清华

责任编辑： 丁丽丹　刘诗哲

监　　制： 伍　志

策划编辑： 杨清钰

营销编辑： 刘菲菲

版式设计： 李　洁

封面设计： 蒋宏工作室

出版发行： 湖南文艺出版社

　　　　　　（ 长沙市雨花区东二环一段508 号　邮编：410014 ）

网　　址： www.hnwy.net

印　　刷： 北京世纪雨田印刷有限公司

经　　销： 新华书店

开　　本： 880mm×1230mm　1/32

字　　数： 211 千字

印　　张： 8.5

版　　次： 2013 年1月第1版

印　　次： 2013 年1月第1次印刷

书　　号： ISBN 978-7-5404-5412-8

定　　价： 29.80元

（若有质量问题，请致电质量监督电话：010-84409925）

关于幸福，很多人期望的是从天而降的果实，
但我更愿意做的是送你一颗种子。

它需要好好播种，需要细心浇灌；晒到温暖的太阳，经历冰冻和风雨；最后，长成一棵茂盛的树，为你撑起绿荫，开出花朵，结出果实。

那时你会真正明白，此前的汗水和泪水、努力和忍耐，都是值得的。
那时你会真正明白，幸福虽得来不易，滋味却如此甜美。

幸福之路，源于心灵，始于足下

从2005-2012年这几年中，各种针对单身的调查在成倍增加，社会对不断扩大的单身群体表示关注，同时也发出了疑问：为什么要选择单身呢？

几乎有一半以上的单身男女会回应说："我不是自愿单身的呀，是我找不到合适的人。"

几乎在所有对分手原因的调查中，被选概率最高的一项都是"性格不合"。

在一个婚恋网站的调查中，有超过60％的单身者承认"没有为了恋爱做出努力"。

在一个门户网络的调查中，有将近30％的单身者同意"上网取代交际"。

与此同时，好不容易走进婚姻的伴侣们不断刷新我国的离婚率。在离婚原因中，除了"性格问题"以外，"家务问题"也是导致分手的重要原因。

……

综合这一切调查结果，单身朋友们想说些什么呢？

是的，我很想恋爱，可是我不想去追求，我懒得行动，我还是上上网算了。

是的，我恋爱了，甚至结婚了，可是我不能做"家务奴隶"，我讨厌生活琐事，我跟他/她合不来。

是的，我单身，我也想找对象，我过得不好，每天下班后回到乱糟糟的出租屋，你说这怎么幸福啊？我幸福不起来！

……

想要解决问题，面对现实是第一步。现实是什么呢？现实并非是全世界都充斥着不理解我们、不爱我们的人，而是太多单身者把"自我"困在内心的孤岛上，等着"别人来爱我"，等着"别人给我幸福"。

请问问你自己，为了"幸福"这件事你做了多少努力呢？很多人会惊讶地说："哦？幸福还需要努力吗？生活不是要顺其自然的吗？"要不然，又会说："我不想把自己搞得那么累，好烦，生活简单点儿不好吗？"在端出"简单"和"自然"当借口时，实际上是在掩饰自己的消极、懒惰、任性。

如果"简单"和"自然"的生活就是你的人生目的，那么你就不会因为生活的单调而烦恼，也不会总是悲叹一个人没有朋友、没有爱人多么寂寞，你的生活已经足够"简单"，求仁得仁，你已经是个幸福的人了。

问题在于，在我们提出想法、要求付诸实践时会拿出很多很多借口来搪塞，而当我们不负责任地随口说出梦想，说出对生活的要求时，每个人都开始滔滔不绝：

我的要求很简单的，我就是想找一个人陪着我、理解我、宠爱我、保护我。
我的要求不高啊，无非是买套房、买辆车，每年去香港购购物。唉，工资这么低可怎么办啊？
我的要求才低呢，我就是想有几个朋友，在我无聊时陪我说说话。连朋友都没有，好惨！
我对生活都没有要求，只希望回家能有口热饭吃，房间干干净净就行了。

那么，为了这些目标，我们做出了多少努力呢？

我们是否去认真寻找适合自己的伴侣，是否真心付出？是否以宽容和信任的态度与对方好好相处呢？

我们是否专注于自己的工作，不断钻研，让自己成为行业中的中坚力量，薪水和职位都在不断提升？

我们是否对朋友付出了同样的热心和耐心，会鼓励、安慰朋友，让他们感受到友情的温暖？

我们是否有独立生活的基本技能，会洗衣、做饭、打扫房间，并以此为乐？

如果说这些努力你都没有做，只是每天牢骚满腹地上班下班、吃饭睡觉，其余时间用来上网聊天、玩游戏、看看电视剧和综艺节目，那你又有什么可抱怨的？

幸福从来就不会从天而降，不会因为你的等待有多么热切，因为你对生活多么不满，就会来敲你的门。幸福只会来自于自己的努力，脚踏实地，不取巧，不偷懒，不玩弄小花招，不自欺欺人。

如果你觉得幸福的全部价值就在于"心地善良、性格迷糊的草根女遇到了帅气多金的痴情男"，如果你认为幸福的意义就是"从此公主和王子过上了幸福的生活"，如果你觉得幸福就是"大侠横行江湖惩恶扬善、挥金如土"，那么你适合且只适合看偶像剧、童话、武侠小说。

我们的一生并不很长，东看看西看看，再胡思乱想一会儿，人生最重要的几年就过去了。

那么，做着一份收入尚可的工作的你，仍然保持着单身没什么朋友的你，经常跟家人发脾气闹冷战的你，不想做饭洗衣、收拾房间的你，幸福吗？你真的觉得这样的生活就是你想要的"顺其自然"吗？

幸福来自于努力，不但在于结果，也在于过程，因为你在为了幸福而努力的路上，心中会充满喜悦和希望。

幸福来自于我们的内心，不在于外在的物质多么丰富、奢侈，而在于我们拥有多少亲情、友情、爱情，这些温暖的生命体验是我们人生真正的价值所在。

幸福来自于我们积极乐观的态度，走出空中楼阁，去脚踏实地地奋斗，无论处于低谷还是高峰，始终面带微笑地应对。

幸福来自于我们充沛的爱，爱自己，给予自己更多的鼓励和关怀，承担起对生活、对社会的责任；也爱这个世界，在生活中不断地发掘美好的事情，让自己的心灵内外都充满美好和喜悦。

幸福不是虚幻的流行歌曲、热播电视剧、爱情小说、网络游戏，幸福是你实实在在能感受到的东西，而不是空洞的风花雪月、画饼充饥。

幸福不是毫无挫折地活在温室里，幸福是坦然地面对自己，面对不够完美的人生，接受自己的不完美，欣赏生活的不完美，努力去做到更好。

我们想要的幸福不在未来，更不在过去，而在于现在的每时每刻。

我们想要的幸福在于每天清理好的房间、洗干净的衣服，在于每天看的一本书，在于出门看到的一花一草，在于每天脸上露出的真诚的微笑。

我们想要的幸福要从吃得健康、睡得香甜、起居舒适开始，朋友事业、兴趣爱好，都会为我们带来真实的幸福。

单身时打理好自己的生活，结婚后为人妻子或丈夫，将来还要为人父母，一个能够创造幸福、享受幸福的人也能带给自己的家人幸福，也能把自己幸福的理念教给下一代，让孩子从小就知道努力付出，积极乐观地生活，做事井井有条，把独立和自爱作为人生信条，做一个人格健康的人，得到自己应得的幸福。

单身时过得一团糟，结婚后要付出更多的时间去适应两个人的生活，有了孩子后手忙脚乱，一个满腹牢骚、不懂得生活也不会发掘美好的人，自己过得不幸福，也让家人和孩子生活在纠结、紧张的环境中。孩子从小学到的就是情绪化、任性自私、推卸责任、心胸狭窄，对生活总是挑剔和嫌弃，却完全不知该如何动手改变现状。

幸福的能力可以培养，可以传承。做一个幸福的人，每个人都有机会，因为生命本身就是一个最大的机会，好好把握，好好努力，我们就能够创造属于我们自己的幸福。

海伦

CONTENTS 目录

一个人生活，可以这样有趣和丰富

001 | 享受生活的趣味，关注幸福的细节

在平凡的生活中淘出幸福的金沙，掌握快乐的诀窍，其实幸福如此简单。

让心灵得到成长，学会做个成年人

独立，对自己的人生负责：自爱，爱与安全感来自你的内心。

多出去交往，扩大你的小世界

拥抱外面的世界，找到属于你的友情和爱情。

CONTENTS 目录

为梦想而奋斗，过程即是幸福

有梦想是幸运的，而让梦想沦为空想则是不幸的。

一个人
也能很幸福

，

一个人生活，可以这样有趣和丰富

享受生活的趣味，关注幸福的细节

在平凡的生活中淘出幸福的金沙，掌握快乐的诀窍，其实幸福如此简单。

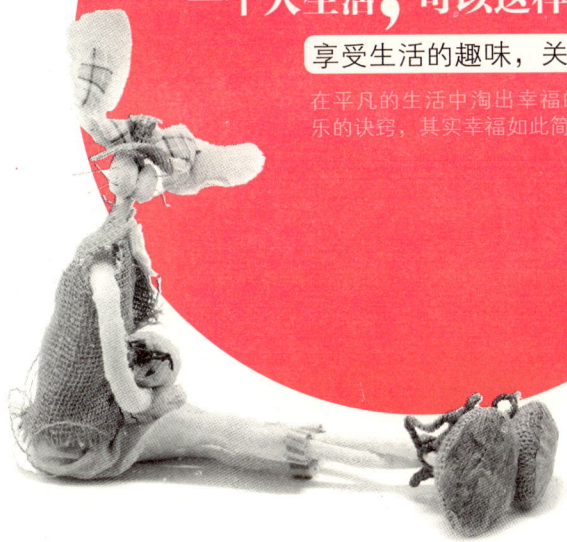

1_抓住小事中的幸福感

有位单身女郎，她是自己的圈子中最有魅力的人。不为别的，她经常会在一个人做事的时候突然笑起来。

好奇怪啊……这是你的第一反应吗？

但如果有一天当你做事入迷时，发现有趣的事物时，忽然想到让自己愉快的人或者事时，你不会独自微笑吗？

不会——那你真的错过了很多美好时光，是的，属于一个人的美好时光。

"Sue，你在笑什么呀？"

"你看那棵树上的鸟窝，鸟窝上的叶子，还有那根树枝，哈哈哈！"

同事还是迷惑不解，她就用手机拍下来给大家看。果然，镜头里的鸟、树叶和树枝组成了一个笑脸。

这么别致的笑脸每天都挂在办公楼窗外的树上，能看到的只有她一个人。

能够自得其乐的人是幸福的，她的身上似乎有一种光芒，让身边的人觉得放松、亲切。

有些人会很不服气，为什么帅哥美女选择的对象外貌平平，但稍有常识的人都知道，个性乐观开朗、思维方式有趣的人往往更受异性的关注。

"幸福"是个很大、很远的名词吗？不是的，幸福存在于小事当中。往往是对"小事"的忽视，阻挡了我们成就"大事"的脚步。连做好"小事"的信心都没有，又拿什么来支撑自己做"大事"呢？

幸福不是一天就能获得的，正如不幸福的困境也不是一天形成的。无论建立还是毁坏，都是经过日积月累形成的。所以，培养自己对"小事"的耐心，愿意从饮食起居做起，一点一滴地积累自己的小幸福，那么你就会渐渐拥有平和的心境、务实的态度和良好的习惯，而好的做事习惯和心态正是成功的要素之一。

庄子讲过这样一个故事：

车辙中有条奄奄一息的鲋鱼向庄子求救："给我斗升之水，我就可以活命。"庄子说："好的，等我先去南方，跟国君汇报，借来西江水，把你送回海里就好了。"鲋鱼气愤地说："我要的只是斗升之水来救命，你却要跑到南方再跑回来，那么干脆到干鱼铺去找我吧。"

这是一个古老的故事，但这样的故事在现实生活中随时都在发生。那条困在车辙里的鱼叫作"理想""希望""爱情"以及"幸福"，明明是斗升之水就可以决定生死，你却总想着去借西江水一次性解决问题。

如果没有身体力行，一点点地去解决那些琐碎的事情，你的希望和幸福如何变成现实呢？ 如果不是一步步脚踏实地地努力，再美好的词汇也只是词汇而已，空中楼阁始终不能落地生根。

在我们成长的过程中会觉得幸福很具体。"过年时我穿了一件漂亮的新衣服。""今天我一连吃了好几大块巧克力。""我们一家人要去北京旅游。""妈妈把鸡汤炖得香喷喷的。"长大之后，很多人都在疑惑：明明我们的生活比以前好多了，想要什么都很容易得到，为什么幸福的感觉却没有了？

很简单，我们的要求变高了，为房子、车子、奢侈品做奴隶，还怎么做自己的主人？

我们总是强调某件事要达到目标，我们才能高兴，总是要求别人顺从我们的意愿，我们才能满意，那么，所谓的"自得其乐"又从何谈起呢？

我们把"依赖"当成"爱",把"占有"当成"爱",把"顺从"当成"爱",却不知道真正的爱需要彼此的独立来成全心灵的成长和生命的成熟。

爱自己,爱自己的生活,享受自己人生的乐趣,做一个"自得其乐"的人并不困难,关键就在于精神世界的"独立""不依赖"。

能"自得其乐"的人,生活质量是很高的,因为他们总能在生活中找到一些闪光点,享受这些乐趣,那么在别人的眼中,他们也是有趣、有魅力的人。

"自得其乐"不是自我封闭,把自己关起来打一周游戏,荒废学业、事业,那不叫自得其乐,那是玩物丧志。"自得其乐"不是自恋,刻意地显示自己与众不同,内心其实充满了嫉妒与纠结。用平和的心态面对你的人生,积极乐观地去生活,走好自己的路,多欣赏路边的风景,这才是自得其乐。

去积攒你身边的每件小事带来的幸福感,一点点地积累起来,你会发现自己正渐渐变成一个幸福的人,因为你已经体会到了幸福的滋味,你也可以主动去寻找这种幸福的感觉,让自己的生活发生奇妙的变化。

列出能让你切实感到幸福的小事吧:

朋友们愉快的聚会。

一条关心的短信。

收拾得干干净净的书桌。

丢失的文件又被恢复了。

晚上回家,喝到了家人提前煲好的热汤。

回老家时看见父母脸上的笑容。
一个人在旅游中看到的美景。
上班的路上遇见一只可爱的小狗。
运动后一身大汗，很快就熟睡过去。
……

你的心中应该有一个可以"自动添加"的列表，来记录你生活中的小幸福。

这些事情看上去微不足道，却是照亮我们生活的阳光。如果我们在阳光充裕时把太阳能储存在电池里，那么在黑暗中、在寒冷时，我们就可以靠着这些阳光来渡过难关。

如果在你心中没有这个列表，那么可以开个博客，或者在电脑里创建一个文档，或者准备好一沓便笺，每天给自己做一点儿幸福的记录。

人生是不完美的，我们也会有遭遇挫折的时刻，但是无论经受什么考验，请记得你还拥有属于自己的小幸福，它们不虚假、不空洞，是只属于你一个人的快乐密码。

当你在需要力量和温暖的时候，去打开它。

1. 买一个漂亮的日记本，里面夹上一支笔，在电脑时代重温年少时用笔写字的感觉。记住，这个本子只写愉快的事情，只记录你一天的收获和美好的感受。这是只属于你一个人的开心日记，也会在你难过和心情低落时给你力量。

2. 在每件美好的小事发生后，你要细细地体味幸福的感觉，那种感觉是可以抓得住的，比如吃到了甜点，比如睡在棉布床单上，比如朋友的一条问候短信，好好享受这些美好的感受，然后告诉自己：我很幸运，我很幸福。

3. 你重视幸福，幸福就会越来越多地出现。如果你总是忽视幸福，那么幸福就会越来越少。让自己的心灵享受那些点滴的幸福，而不是只关注生活中不如意的地方。

2_不要做"不幸福先生"的奴隶

"不幸福先生"有张严肃刻板的脸，他时刻在提醒着：

你平庸、贫穷、肥胖、丑陋、内心黑暗，童年不愉快；你自卑、失业、失恋，没有朋友，父母不认可……

在你想高兴一下的时候，"不幸福先生"就会在旁边责骂你："你配吗？有什么可高兴的？"在你跟朋友谈笑的时候，"不幸福先生"会喋喋不休地发表意见，让你变成一个满腹牢骚的人。在你有机会改变自己的时候，"不幸福先生"又会跳出来阻拦，让你彻底打消念头，专心做他的奴隶。

当你真的认命了，"不幸福先生"又会嘲讽你："大笨蛋、窝囊废、地道的失败者。"

跟"不幸福先生"一起生活久了，整个人会变得灰头土脸、没精打采、悲观、脆弱、多疑……好吧，尽管学历、能力、工资、前途样样不错，但是整个人却散发出一种"什么都很没劲"的气场，那就是"不幸福"的气味。

"不幸福先生"就是你内心中那个永远不够好、永远不想长大的自己，他所做的一切就是为了让你成为一个不幸福的人。

因为你觉得自己不值得拥有幸福，所以你就总是不幸福。

很多人的单身生活中充满了负面的情绪，总是在失望、悲叹、牢骚、愤懑，时间长了，严重者甚至会患上所谓的"聪明人疾病"——抑郁症。

也会有相当多的人把这些不愉快归咎于周围的环境，尤其是在中国，个人问题可是一个聊天的好话题，不管这件事是否跟他们有关系，单身者总是被人另眼相看。

"你成家了吗？""你多大年纪了？""你是属什么的？""怎么单身这么久还不找对象？"……

一位单身者在博客中说：我30岁了，单身，没有孩子——单身有罪吗？单身是不是要把我毁灭呀？

父母的忧虑也成为压力的直接来源，很多父母仍然深受传统观念的影响，认为结婚生子是人生必要的责任，孩子大学一毕业马上开始天天追问是否有男朋友或女朋友啦，什么时候筹备结婚啦，好像从小教育孩子好好学习、绝对不能早恋的人不是他们。

这些忧虑和追问会加深单身者的负罪感，本来单身是自己的事，这样一来，仿佛变成了传统道德观念中关系到整个家庭的事："不孝有三，无后为大"，一直单身就是不孝啊；没有听从父母的建议，尽快找个异性来结婚，这是不孝顺啊。

单身者身上的罪名已经不少，现在又要加上人际关系不好和不孝顺这两条。这也是"不幸福先生"的另外两种声音，他时刻提醒着你：父母会生气的，别人会怎么说？你太不合群、太不孝，你为什么就不能跟别人一样老老实实地结婚生子呢？

"不幸福先生"以内心的黑暗为食物，你越是消沉、沮丧，他越是积极、活跃。他在你面前耀武扬威，断定你不敢对他大喊一声："走开！不许你影响我的生活！"

是的，你应该时时提醒自己一点："不幸福先生"是让我感到不幸福的根源，请你走开，因为我要追求属于我自己的幸福。

那些不愉快的回忆，请你走开，我面对的每一天都是崭新的，都值得我好好珍惜。

那些奇怪的议论和看法，请你走开，别人的观点属于别人，而我的心只属于我自己。

那些悲观、消极和懦弱的情绪，请你走开，我已经决定做一个积极乐观的人，好好享受我的生活。

不幸福先生，也许我还不能一下子就彻底赶走你，但我会越来越强大，越来越开心，那时你就不会再有容身之地了。

赶走"不幸福先生"需要有信心和决心，也需要有适合自己的武器。那么，此前所积累的幸福列表和幸福笔记本就会派上用场。不开心的时候，你可以做一些令自己感到幸福的小事，用自己储蓄的正面能量来对抗突然来袭的"不幸福"。

另外，制定明确的生活目标也是一个好办法，一个人的精力是有限的，我们要把精力尽量集中在完成自己的目标上。无论是长期目标还是短期目标，当你以自己的生活目标为重心时，其他事情就显得不重要了。

"不幸福先生"最害怕的就是不被重视。所以，你能看到胖胖的女生笑得很甜美，能看到刚毕业、经济拮据的年轻人愉快地吹着口哨儿。他们或许不够漂亮、富有，或许也曾遭遇过歧视，然而"我不在乎这些"就是最好的回击。

"不幸福先生"不是具体的某个人，所以一定不要把生活中的某个人当成"不幸福"的来源。很简单，如果你真的觉得某个人就是使你痛苦的根源，那么无论这个人是谁，父母、伴侣、朋友、上司……你都应该离开他/她。但是，离开了这个人你就真的得到了幸福吗？还是你过分依赖某个人，以至于幸福与否都要靠别人来决定？

有很多人非要把心中的"不幸福"怪到某个人身上，总是喋喋不休地抱怨，但说到要跟他/她分开，独立地开始新的生活，抱怨者就怎么也不肯，反而找出一大堆理由来解释自己为什么非要这样下去。

借口和解释是没有用的，如果你确定了某个人就是你的"不幸福先生"，而你又不肯离开，那你就以行动证明了是你自愿选择了不幸福的生活，这是你心甘情愿的，所以不必再抱怨了。

不要被"不幸福先生"控制，因为你是一个自由的人。专注于你自己的生活，改善、充实你的生活，慢慢提升你自己，朝着理想前进，同时寻找适合自己的对象。说到底，单身的人应该在乎的不过就这么多，为什么要在"不幸福先生"的奴役下度过自己最美好的几年呢？

让他走开吧，不要让他再挡住你的路。

1.当负面情绪过多时，可以专门找个时间，一个人坐下来，拿出纸笔来描绘一下你心中的"不幸福先生"，包括你对他的厌倦、反感、害怕，通通写在纸上，你会发现这张纸有多么不堪一击——可以撕碎，可以扔进马桶，可以用打火机烧掉，总之根本不会成为你生活中的大石头。

2.在"不幸福先生"光临时，你都要对自己说："不，我不需要这个人，他跟我之间毫无关联，也不会带给我好的心情和前进的动力。"

3.在进行体育锻炼时，可以把"不幸福先生"具体化，在你上搏击课时，可以把沙袋想象成"不幸福先生"，在你奋力击打下，你的"不幸福"会被你彻底打败，而你的心底留下的是胜利的感觉。

同样，在跑步、游泳时也要提醒自己去努力完成目标，这是跟"不幸福"的竞赛，你坚持了，你付出了努力，你达到了体能训练的要求，你就是幸福的，"不幸福"就会走远。

3_你是你的唯一

在盘点了"幸福"和"不幸福"之后，有人会产生疑问：我们是因为什么而幸福的？又是因为什么而不幸福的？

很多时候，苦恼的根源在于"别人"：因为别人的批评、责备、议论，所以我不快乐；因为父母给了我破碎的家庭、黑暗的童年，所以我不快乐；因为某个人不爱我，某个人对我实在太差劲，所以我不快乐；因为还没有找到喜欢的人，所以我不快乐。

如果我们把快乐的决定权给了别人，那么我们就失去了自由——追求幸福、创造幸福的自由。

单身者需要清楚地认识到：在你的世界中，你自己是最重要的。

父母、恋人、朋友、同学、同事……当然也很重要，他们也是我们生命的一部分，但绝不能让他们来主宰我们的生命。

要学会对抗来自别人的负面影响：

对于别人的否定和质疑，应该客观地看待，如果是有道理的就留作参考，如果只是一些无聊的话，应学会一笑了之。

对于别人的要求和标准，学会勇敢地说"不"。承担我们能力范围内的责任，其余的你都可以拒绝。

与别人比较的时候要多欣赏，少羡慕。别人的生活毕竟不属于你，每天都在仰视别人的生活，你会彻底迷失自己。

你就是你的唯一。

做一个有主见的人，而不是满口"我妈妈说""我同学说""我朋友都说""我同事都说"……这些东西会让你丧失自己的判断力，完全依赖于别人的观点和看法。

你妈妈说的肯定是为了你好，但那来自她的经验和见识，不见得真的适合你。

你朋友说的当然也有道理，但那是他们或她们看到的，是他们或她们的感受，不能代替你。

你的同事说的可能对也可能错，这需要你自己去辨别，而不是一股脑儿地全部接受。即使是老板，也不会喜欢不会独立思考的下属。

你是你自己的唯一，你的成长、你的学习、你的生活经历决定了你是现在的你，你需要为自己的人生负责，而不是在"某某说"中迷失方向。

任何人的努力不能代替你的努力，任何人的想法不能代替你的想法；任何人给你的建议，如果你不去行动，就不会变成你的生活的一部分；任何人都不能为你的人生承担责任，而你却要为自己听了"某人说"而承担责任。

友情、亲情、爱情，事业、收入、消费……这些通通都是你人生的一部分，而你就是自己人生的主宰者。所谓主宰不是为一己私欲肆意伤害他人，不择手段地去追求最大利益，而是说你自己可以决定人生的方向，你的幸福就来自自己的点滴努力。

　　你是最重要的，你要了解自己，尊重自己，宽容自己，相信自己，爱自己。

1.在对日常小事做判断时，要提醒自己注意：是我自己喜欢灰色的衣服，还是妈妈一直告诉我说红色的衣服很丑？尝试一下黑、白、灰以外的颜色，或许就会带来惊喜。

在说话时，是不是同事的一句"他有点儿结巴"，你就郁闷了好几年，再也不敢在人前开口？要知道，结巴不可怕，只要你说慢一点儿，反而会显得你的话很有分量、很诚恳。如果只因为别人一句无心的话，你就失去了当众发言的机会，这对别人来说无所谓，对你来说就是很大的损失。

注意区分开"别人的意见"和"我的想法"，这会帮助你逐渐成为一个有主见的人。

2.在做重大决定时，自己要多收集资料，而不是道听途说。如果平时总是听某人说，那么到了做重大决定时，你可能会成为一个犹豫不决的人，在犹豫中浪费了机会，或者做出了错误的判断，让你后悔终生。

只要决定是自己做的，自己为之负责，那么就算做错了，你也没有什么可后悔的，只要下一次思考更谨慎、更周全就是了。

3.敢于面对争辩。很多没有主见的人害怕争论，因为他们觉得冲突和争论是有攻击性的，大家最好都一团和气。也有那种外表很要强、内心很脆弱的人，他们表面上非要争出个孰是孰非，其实内心深受争论的伤害，为了"赢"而忘了观点本身到底是对是错。

其实，争辩是人际交往中很正常的行为，人各有不同，对同一件事大家的想法也会不一样，这时的争辩更多的是一种交流，而不是非要斗得你死我活，一定要有对错之分。了解了这一点，争辩就会成为一件很有趣的事，带着轻松愉快的心态去面对，而不是刻意逃避，拼命附和别人。

在争辩中你会进行更深入的思考，同时揣摩自己的想法是周到的还是粗疏的，是合理的还是冲动的，这会帮助你建立起自己的思维模式，而不是人云亦云。

4找到真正的自己。在你迷茫困惑时，要听别人的建议，更要仔细思索对你来说什么才是最重要的。这样的思考会帮助你找到真实的自我，而自我的独立会让你能够更积极、更勇敢地面对生活。

因为你不是别人，你就是你自己，你是你的唯一。

4_每天微笑的秘密

Joe回国后遇到了一位迷人的单身女士，他非常动心，于是对她展开了热烈的追求。周围的朋友被他的热情感染，觉得这位姑娘一定是容貌出众，便不断地怂恿他把姑娘带出来跟大家见面。

Joe不愿意这么做，他说："万一你们跟我争怎么办？"Joe这样紧张、小心的态度更让朋友们期待万分。

确定关系后，Joe带着未婚妻出席了聚会，朋友们大跌眼镜：她长得很娇小，有张清秀的脸，但真的谈不上有多美丽，更不要说惊艳了。

一顿饭吃下来，不知为什么大家开始慢慢觉得这位姑娘越来越顺眼，后来有几个朋友开始表示羡慕Joe的运气：可惜晚了一步，不然我也想追她。

是的，这是一位满面春风的女士，她笑起来让人觉得那么舒服、自在，本来不算多么精致的五官，笑起来却会显得很可爱。

Joe没有看错人，他的未婚妻在公司中也很受欢迎，追求者众多。她在办公室里不是最漂亮的，也不是最会打扮的，但她温和、开朗的性格让她成为最抢手的单身女郎。

在国外，无论是成功的政客还是优秀的销售员，他们无一例外都有一张可以放大的标准照，无论美丑，表情都是一样的：神采飞扬，笑得阳光灿烂。

每天，我们面对镜子时关注的是什么？是化妆品搽得是否均匀，新发型会不会被弄乱，还是衬衫和领带的搭配是否协调？

镜子最大的功用并不是让你看上去更美，而是让你看到真实的自己。

仔细观察一下自己吧，你的眉头经常皱着，有了浅浅的细纹；你的嘴抿得太紧，看上去十分严肃；你的脖子习惯了向前倾，肩膀显得很僵硬；你的眼睛里布满了因为熬夜产生的红血丝，还有睫毛膏也遮盖不了的焦虑。

照镜子不是为了打扮，而是为了和自我坦诚相对，你的样子是不是在告诉别人：别惹我，我是个很不开心的人。

如果你还不习惯看镜子中的那张脸，那么留心地铁里、电梯里跟你一样的单身男女，衣着光鲜的他们有着怎样的脸？

最常见的表情是：漠然、冷淡、焦虑、烦躁、紧张……这是很有意思的发现——微笑是很简单的，但真正对自己微笑的人太少了，也很少有人会走在路上就笑容满面，对着镜子微笑、大笑的人就更少了。

镜子告诉了我们一个事实：大多数人把微笑当成礼仪，用来应酬别人，而留给自己的微笑几乎没有。

自得其乐说起来抽象，其实最实际的行动莫过于对你自己微笑。

让你的肩膀放松下来，后背自然挺直，扭扭脖子，让自己放松一点儿，然后可以想几个你所知道的最好笑的笑话，让你心底的快乐释放，并流露在你的脸上。

你会看到一个发自内心的微笑让你的表情变得多么柔和。如果你手边有手机或者相机，可以拍照对比，那么就可以更清楚地看出笑和不笑的吸引力大不一样。

经常听到有人说："唉，我长得不好看，笑起来也不好看。"有人说："有什么可笑的事？我可笑不出来。"还有人说："一个人傻笑，那不是有病吗？"……

微笑是人类最美好的表情，但并不是每个人都拥有它。微笑可以带给我们愉悦的心情、舒适的感受。微笑意味着亲切的问候：嘿，你好吗？最近怎么样？我很关心你！为什么我们一定要在交际场合才露出难得的微笑呢？为什么我们在镜子里看到的却是疲惫、沉闷的脸呢？

对自己微笑，就是有益的心理治疗。微笑会在早晨告诉你：一切都很好，今天会有很多有趣的事情发生，振奋起来迎接它们吧。

单身人士的微笑对自己来说既是安慰，也是鼓舞；对异性来说，他们会更容易注意到你，并对你产生好感。

微笑的吸引别人注意力的作用比每天换三次新衣服更有效。而在人际关系中，一个爱笑的人也能够较好地解决问题。一定不要在外面笑得肌肉僵硬，回到家里变成"冷面王"，唉声叹气，如果你把微笑变成了表演，就算表演得再成功，也会让自己不堪重负。

与其花时间化浓妆、花钱买名牌，不如多练习练习你的微笑吧。幸福的能力需要慢慢培养，而学会发自内心的微笑就是迈向幸福非常关键的一步。

几个帮助你学会微笑的窍门：

1.找一些婴儿的图片来看。孩子纯真的笑脸会让人变得温柔，笑是可以传染的。

2.在你感到高兴的时候一定不要假装"没什么"，笑出来多好。

3.洗脸时按摩自己的脸，让脸部肌肉放松一些，抬起头，给自己一个灿烂的微笑。

4.如果笑容提醒你需要补牙、洗牙，那么记住，这笔开支比购买任何化妆品和首饰都更有价值。

5.路过镜子的时候，对着镜子中的自己笑一笑。

6.跟别人觉得无话可说，想要向朋友抱怨，对老板很生气，家人让你感到沮丧……这时要告诉自己：深呼吸，然后微笑。

7.精心打扮后，对着镜子笑一笑，告诉自己："你真漂亮。"

8.你暗恋的对象走过来，不要紧张，笑一笑，说："今天天气真不错。"

9.在聚会上被介绍给很多陌生人认识，请保持你的微笑，不要流露出心中的局促、厌倦、不耐烦。

10.面对适龄的异性，不要一眼没看中就马上走开，不要吝惜你的微笑。即使这个人不适合你，但他/她很可能会把自己的同学、亲戚介绍给你呀。

或许有人说："不想笑也要笑，是不是太勉强了？"同时又说，"让我变成有趣的人，我不知道怎么变啊，我天生就很闷，想改变性格可就是改不了。"

其实，一切都可以从微笑开始。笑是一种很有益的锻炼，也是积极的心理暗示。当你的脸习惯了微笑的样子，开始对着自己、对着外面的世界露出笑容时，你就已经开始变成一个积极乐观的人了。

笑会牵动身体的很多肌肉，让呼吸系统、消化系统、循环系统都得到一次愉快的锻炼。最直接和最明显的改善体现在我们的面部——绝大多数人笑起来要比不笑好看。而在瑜伽训练中，专门有一项"微笑法"，就是针对微笑进行的训练。

想要变得更健康、更漂亮、更受欢迎，不是做不到，但不是一天就可以见功效的，不妨从多微笑开始吧！

1. 保存一些比较特别的小笑话，一是可以在自己没事的时候看一看、笑一笑；二是可以锻炼自己说笑话的能力，朋友聚会时，你多说几个笑话，会让你的人气大增。

2. 收集一些跟笑脸有关的贴纸、小饰品，这些东西可以让人看了嘴角自然上扬，有段时间笑脸符号可是时尚设计中的时髦元素，一个用"笑脸"做装饰的人会让人最直接地感受到你的善意。

3. 多使用你的手机的自拍功能，不要拍太多鬼脸，而是改为笑脸。如果你想拉近跟一个人之间的距离，一起拍张微笑的大头照可是个好办法哟。

4. 有空检查一下你的照片收藏，里面笑的有多少，不笑的有多少，照片上的笑容还有多少可以改进的地方。越笑越美丽，这比整容、减肥都来得更有效。

5. 要联系一个很久不见的朋友，还有什么比发一张你们曾一起开怀大笑的照片更温馨、更有意思呢？笑容是友情的见证，值得好好珍藏。

5_和自己约会

美剧《欲望都市》可以说是一部当今单身女性的生活指南,她们独立、坚强、幽默的品质值得每一位单身人士学习。其中,女主角最爱做的事情之一是什么呢?

约会。在没有男人的情况下跟谁约会?跟这个城市约会。

她同样会把自己打扮漂亮,脸上洋溢着甜蜜的笑容,穿上几千块一双的鞋子走在大街上:我喜欢这个城市,我要和这个城市约会。

那么,你了解自己所在的城市吗?你会考虑在单身的时候跟自己约会吗?

单身人士的外出总会受到限制,不是跟一群人聚会,就是跟自己要好的朋友一起。总之,他们不肯独处,因为一个人的时候会感到不安全、寂寞、没意思,不知道该做什么……

要知道,单身生活可是我们结婚生子之前的美好时光,你正享受着比爱情更可贵的东西——自由。

为什么不好好计划一下独自外出的活动呢？为什么总是要等着别人打电话来找你，你才肯行动呢？

考虑一下和你自己约会吧。

这个念头是否会令你兴奋？如果你等了很久，理想的约会对象却没有从天而降，你干吗不做自己的约会对象，给自己安排一次完全合乎自己心意的约会？

就从现在开始，期待一次美好的约会吧。约会的准备、安排、练习会让你更好地迎接自己的另一半。同样，与自己约会也是一次美妙的体验，让你更享受自己的单身时光。

可以把和自己约会的经验作为今后约会异性的参考，也是对你的情趣和品位的培养，重要的是学会享受约会的每个细节，养成发现细微的美的习惯。

单身久了的人会对恋爱手忙脚乱：我够不够漂亮？我该穿什么衣服？我要带他/她去什么地方？我该花多少钱请他/她吃一顿饭？我买什么给他/她才好……

很多人会理直气壮地把这些事情做错、搞砸，他们早已准备好借口：我没约会过呀，我没经验。

你会因此错过一段美好的恋情。从约会一开始就让对方觉得被冷落，不受重视，或者是两个人大眼瞪小眼，单身时宅在家里，恋爱结婚后还是宅在家里，那么，再去抱怨生活的沉闷和乏味就太不应该了。

单身时，你有大把的时间跟自己约会，跟你所在的城市约会，跟外面的世界约会。你有充分的自由，可以大胆地去尝试、接触新鲜的事物，而不是每天上班对着电脑，下班继续对着电脑，对现实世界的种种美好一概忽视。

一个人的单身约会会告诉你很多有意思的东西，是你不知道甚至没想到的。

比如，某家别致的小咖啡店会给你装修的灵感，或许以后你就可以用这个色调来布置你自己的家。

比如，你吃了一道很特别的菜，从而改变了你对某种蔬菜的看法，朋友聚会时你可以给他们一个大大的惊喜。

再比如，在路边的鲜花摊上你第一次看到雏菊是什么样子——也许你在跟别人聊天时提到过它无数次，你甚至是个花语爱好者，但真实的花朵的美丽最好用我们的眼睛和手指去欣赏、去碰触。

再比如，对古典音乐不感冒的你彻底陶醉在某次音乐会中，此后你成为一个忠实的发烧友，又因此结识了一群有相同爱好的朋友。

再比如，你穿着那双很后悔买回来的鞋子，逛街时却不止一次听见别人对你说："这双鞋真漂亮，你在什么地方买的？"你这才明白可能是自己还不够欣赏它。

……

一个人的时光要好好把握。了解你所在的城市，熟悉城市中一些好玩的地方，最好开发出只属于你的一些美好的约会地点，那么将来等你遇到了意中人，可以带他/她进入你的小世界，一起享受这些生活中的小美好。

幸福属于会发现、会欣赏、会享受的人，坐在家里抱怨生活平淡无趣，对你的人生毫无帮助。

1.提前预定好时间，到了周末或者假期发一条短信或者邮件给自己，提醒自己要去约会啦。

2.寻找一家从来没去过但是一直想去的餐厅，价格可以略贵一点儿，看看你能吃到什么不一样的东西。

3.尽你所能，打扮得与平常不同，可以考虑戴假发以及夸张一点儿的首饰。

4.如果是男士，请穿上你认为最好的正装，干吗要让它待在衣柜里呢？哦，你还没有正装，那么赶紧去买一套吧。

5.不吃东西的话，可以去看画展、听音乐会、看最新的电影。

6.全程保持你最甜美的笑容，享受这样新鲜有趣的感觉。

7.可以给自己拍照留念，或者买一样小小的纪念品，装饰你的家。

8.如果路边有卖花的，买一束鲜花送给自己，并把它带回家养在清水里。

9.不要拒绝陌生人的搭讪，聊天是很有趣的，但不要轻易给陌生人留电话。

6_城市所能给你的东西

　　已婚意味着安定，包括定居在某个城市，开始安稳的生活，有一个固定的交往范围，生活中全部的事情似乎只剩下工作和接送孩子上学了。

　　而单身者会比已婚者有更多的机会增长阅历。

　　工程师小张对他的上级说："派我去非洲吧，我没有家累，正想出去观光。"上级喜出望外，派他去了非洲的某个小国，在别人眼中那是个极其落后闭塞、毫无生气的地方。

　　一年过去了，小张的名字出现在摄影杂志上，他拍摄的当地的照片因为题材新颖而被选中发表，一些旅游杂志也纷纷向他约稿，要他为读者介绍地球另外一个角落的风土人情。他以一个现代中国人的视角观察当地居民的生活，他所写的文章和拍摄的图片都非常有趣，很受欢迎。

回国后，小张并没有脱离自己的本行。他出书，跟读者们聚会，通过摄影博客他跟多年不见的老同学联系上了，通过老同学的介绍他娶到了一位称心如意的妻子。婚后，他们去了澳大利亚定居。关心他的同事仍然可以看到小张在博客上、杂志上不断更新自己的作品，仍然可以看到作品背后他那双炯炯有神的眼睛。

只要你有一颗热爱生活的心，那么无论你身在何处都可以拥抱你的生活，从中发掘美好。

很多单身的朋友因为学业、工作而远离家乡，在陌生的城市里，他们除了每天悲叹自己孤单寂寞、没有朋友、生活单调之外，是否也应该为自己做点儿什么呢？

去了解你所在的城市吧，因为你总是把自己当成一只只会工作、吃饭、睡觉的小蚂蚁，除了同事之外，你认识的人伸出十个指头都能数得过来，你每天对着电脑聊鸡毛蒜皮的小事、玩小游戏、打牌，一转眼十几个小时就过去了，除了肩膀酸痛、眼睛干涩以外，没有任何收获。

若你没有努力去让自己的生活变得丰富多彩，若你没有为了自己的生活付出时间和精力，甚至连张当地的报纸你都不愿意看，那你又何必抱怨自己的生活太枯燥呢？

每个城市都是一个巨大的生命体，很多变化在其中发生着，很多新鲜事能带给我们意料之外的愉快，为什么不关掉电脑出去走走看看呢？

当你来到一个新城市，安顿好自己的衣食住行之后，就开始你一个人的小小冒险吧。

关于新城市应该了解的一些事情：

1.看地图，了解城市中著名的旅游景点。自己可以多去玩几次，发掘文化古迹之美，也可以带家人和朋友去观光。

2.寻访城市中不受关注但很有历史意义的特别之处。比如，北京除了长城、故宫、天安门之外，诸多名人故居也值得一看，爬了香山之后可以顺路去参观曹雪芹故居，这样的旅游收获还是很有意思的。

3.了解城市周边的一些自然景观，周末时可以远足。呼吸新鲜空气，买些新鲜的水果，拍点儿蓝天、绿树的照片。

4.收集关于这个城市的活动信息：上网、看报、收听当地电台，看看最近有什么新店开张，有哪些优惠活动，是不是城市在搞文化节、图书博览会、品牌展销会、影展、画展，如果有自己感兴趣的就马上行动。

5.知道这个城市有多少购物的地方，办几张会员卡，也许你会在大批购物时获赠礼品哟。

6.如果有人带你去吃饭、喝茶、逛街，遇到了很喜欢的店，记得保留店主的名片，下次你可以再来。不要总是在想出去玩的时候给人家打电话：那天你领我去的地方叫什么来着，怎么走？

7.找到更多的生活便利。你上班、上学的公交车和地铁线路是最合理的吗？可以多尝试几条新的路线，选择一条最有效率的。你剪头发是胡乱找一家店就解决了吗？为什么不去听听同事的推荐，找个真正能把你打扮得漂亮的发型师？你的抽屉里除了快餐店的名片以外就没有别的了吗？要知道，城市里经常有新店开业打折、过生日送蛋糕的活动。

好吧，即使你所在的地方小极了，所有的这些提醒都用不上，那么你可以在空闲时间买张车票或者打折机票，去找到你想要的一切。

这个世界并非只为有钱人服务，有时候你只需要付出时间和一张车票，就可以得到新鲜感、新的阅历和见识。为什么非要把自己困在出租屋里枯坐一整天呢？

很多人抱怨新城市里没有朋友，是呀，只可惜朋友不是行李，不能让你打包带走。来到新城市意味着你的人生已经发生了新的变化，同时给你提供了更多认识新朋友的机会呀！

1.同事、客户都可能成为你的朋友，要愿意接受人家善意的邀请，好好地培养新的人际关系。你的伴侣很可能就在这些人中出现，擦亮眼睛吧。

2.你的爱好、专业可以帮助你认识更多人。喜欢看电影的人找当地的影评网友，喜欢看书的找书友，喜欢穿衣打扮、吃喝玩乐、摄影行走、医疗养生，甚至武术功夫的都可以在网上找到爱好者。关于专业的精进，也会有一些专业的论坛来帮你。

有这么多的人你需要接触、需要认识，需要从中找到你真正的密友，也可能是适龄的交往对象，而你却一直在跟家人、老朋友抱怨这个城市多么冷漠、乏味，是不是有点儿本末倒置呢？

3.旧时的朋友、亲戚，父母以前的朋友、同学、同乡，这些人也许是你最不愿意接触的，但是如果你真的觉得孤独，而你手边正好有联系电话，那么为什么不打个电话跟他们说声"你好"？如果别人很热情地请你吃饭，邀请你参加一些活动，你又何必推三阻四，宁可一个人在家里吃方便面呢？

所以，你缺少的不是朋友，而是愿意交朋友、愿意主动与别人建立联系的态度。每个人都喊着"我是多么想做一个乐观积极的人哪，可是我不知道怎么做呀"。好吧，这就是一个实际行动，去吧，走到外面去认识新的人，去面对更多有可能成为你的朋友的人微笑。

人与事之间是有互动关系的，你对新的城市越了解，知道的事情、参与的活动越多，那么你认识朋友的机会就越多。同样，你认识了更多的人，交往的范围越大，你了解的事情、接触的信息也就越多、越细致、越实用。

有很多人因为新朋友的介绍而找到了伴侣、换了工作，有人因此得到了提升的机会，还有人因为志同道合的朋友的出现走上了创业之路。

新的城市、新的朋友、新的机会，如果你对过去不满意，如果你觉得生活不够有趣，那么你面前的一切都是新的，你又何必花时间去抱怨生活的无聊和枯燥，责备自己活得太沉闷呢？马上就行动起来，去拥抱你所在的城市，去付出你的热情，让更多奇妙的事情出现在你的生命中吧！

Tips

1. 安全！安全！对于单身人士来说，无论男女，把自己的安全放在第一位是永远不过分的。不要去那些有冒险性质的地方，避开黑暗、没有摄像头的犯罪高发区，当有暧昧可疑的人接近你时，一定要赶紧走开。是的，我们要尽可能了解这个城市——在保护好自己的前提下。

2. 尽可能多地收集对你有用的信息，过滤掉那些流言蜚语。如果你不是新闻行业的人士，那么某某名人出没的地点对你的价值远远没有行业论坛上的小聚会更有意义。

3. 去实践、去走动、去说话，行动永远比坐等能得到更多机会。不要总是说自己"害羞、内向"，实际上你是被懒惰耽误了时机。

4. 把你收集到的城市信息与人分享，帮助那些跟你一样初来乍到的人扩大朋友圈子，这是个很好的办法。

7_不要假装幸福

　　有些单身者会发出疑问：别人都说我阳光、热情开朗，我也爱笑、爱玩，喜欢新鲜的东西，身边总是有一大帮朋友，恋爱也谈过几次了，现在也有追求我的人……可是，我还是不幸福啊。

　　是的，这是"热闹的不幸福"，往往比"寂寞的不幸福"还要严重。这样的人习惯于角色扮演，在人前扮演一个活泼、乐观、积极、开朗的形象，但内心却是严重的不自信、脆弱、自我怀疑。所谓大大咧咧、粗线条、孩子气，往往只是一层保护色，内心期望的却是别人的认可与喜欢，如果听到别人对自己不好的评价，他们往往是最禁受不起打击的。

　　你可能不愿意接受这样的真相："我很快乐啊，在我逗别人时满座哄堂大笑时我也很开心啊，怎么能说我在演戏？"

　　你只是把别人的快乐、一群人的快乐当成了自己的快乐，你的内心并不真正喜欢这么做，你按照"开心果"的形象给自己设置了任务。

"开心果"往往是最不开心的，这一点大家是否能想到呢？

会自得其乐的人也能成为"开心果"，也会很受欢迎，他们是不是也在扮演一个自己并不喜欢的角色呢？

不是。

角色扮演的人和自得其乐的人之间有一个明显的区别：角色扮演的人害怕独处，而自得其乐的人很享受独处。从这一点上就可以很清楚地辨别所谓的开朗、积极是真的还是演出来的，所谓的阳光灿烂是别人的评价，还是自己真实的个性。

为什么害怕独处？因为害怕面对真实的自己，因为太清楚真实的自己是什么样子，跟人前快乐的自己太不一样了。独处是让自己和真实的自己相处，那多可怕。

JoJo就是这么一个"开心女孩"，她微胖，眼睛不大，个子很矮，每天穿着宽松的有卡通图案的衣服，于是显得更胖了。她一直被朋友们称为"小熊""熊宝宝""小胖""叮当猫"……她喜欢说些不经过大脑的话，做一些明知道很幼稚却还是要做的事，连走路都是蹦蹦跳跳的，她收集了很多笑话，专门留在聚会时说，有时甚至不惜损害自己的形象，当众出丑、耍宝。朋友们哈哈大笑之后会赞赏她可爱，会更宠她、宽容她、需要她、聚会时总是叫上她，帮忙找对象总是第一个先提起她："这么可爱的女孩怎么没有人追求呢？""跟她在一起多开心呀，就像看卡通片一样啊。""长不大的小姑娘，永远像15岁的小孩。"

其实他们从来就不了解她。"开心女孩"只是一个为了寻求认可而被塑造出来的形象，所谓天真、幼稚不过是她用来保护自己的假象。

真相是JoJo跟一切爱美的年轻女性一样非常在意自己的外形，对自己矮胖的身材痛恨到了极点却无可奈何，为此她只好放弃"漂亮"，选择"可爱"做自己的保护色："反正我不漂亮，我可以可爱吧，这样别人也会喜欢我吧，你看，不是有很多人真的喜欢我吗？"

不是这样的，最不喜欢她的人就是她自己。

JoJo有过几次短暂的恋爱经历，但男朋友无一例外地通通被她内心的黑暗吓跑了，现在她的朋友更多了，更热闹了，单身口号也被喊得更响亮："一个人很开心！一个人很幸福！我是所有人的好朋友——开心小熊。"

如果说所谓幸福只是一件伪装的外衣，所谓单身幸福的口号论只是为了摆脱找不到对象的尴尬，那么这样的"表演"总有一天会让你的内心不堪重负。

几乎每个朋友圈子里都有一个这样的JoJo，他们其貌不扬但人缘儿不错，男的会被大家认为很幽默，女的会被大家认为很可爱，他们是大家的"开心果"，少了他们聚会的气氛就会有点儿沉闷，有了他们大家就会活跃起来，都想拿他们开心，他们被设定的角色是"可以开玩笑"的人。

没有人知道他们内心的苦闷和自卑，这是深深地根植在他们心里的东西。他们不愿意正视这一点，而是靠着嘻嘻哈哈来表示自己活得很好，靠着耍宝来表示自己很宽容，即使有时候自尊受到伤害，他们也不想表露出来。

他们并没有表面看上去那么享受单身生活，他们一直期望找一个依靠，把自己的真实感受全部告诉给他/她，在没有找到这个人之前，他们只好在人群中扮演着"天生快乐"的角色，因为他们是那么害怕寂寞。

在单身生活中，你最需要做的是敞开心扉，首先要对自己敞开心扉。

打开你的心扉，温柔地注视你自己，看看你到底是什么样的人，弄清楚你到底需要什么。

打开你的心扉，抛弃那些为了别人的评价而贴在自己身上的标签："开心果""乖小孩""小妹妹""老实人"，扯下那些在人前戴着的面具，好好看看自己，到底得到了什么，又失去了什么。

打开你的心扉，学会给自己安抚和鼓励，也许真实的自我一直都是个备受惊吓的小孩，缩在阴影里，从来就没有长大过，他/她一直在等着别人爱，等着别人赞美，却从来没有获得过来自自己的爱和关怀。

打开你的心扉，你需要将虚假的东西释放出去，清理出一个干净、明亮的空间，幸福才能进来。

打开你的心扉，你想对伴侣说的一切都要告诉自己，把你的不如意、不自信、不开心通通说出来，让自己听到。最后，你应该对自己说："我要真实，不要假装。"

幸福从来就是真实的，从来都不是假装的，关于幸福可以有千万个说法，但唯独真实的东西才有价值。

天天喊着"幸福快乐"的人，你的幸福是沉甸甸的体验和经历，还是几句轻飘飘的谎话？是在别人的赞美中卖力演出，还是在自己的舞台上尽情起舞？你到底是个幸福的人，还是一直假装自己很幸福？

只有你自己知道答案，说出来，面对它，这才是你走向幸福的开始。

1.拿出一张纸，写出对自己的评价，把好的写在一边，不好的写在另一边。写完后对比一下长短，很多人都会发现，内心深处原来有这么多的自卑和否定。那么，专门用一段时间，比如用一个月的时间去克服你的问题，渐渐地，你会喜欢上这个小游戏。

2.尽量丢掉不真实的东西。如果你的假睫毛戴得太久，你会害怕以自己的真面目面对朋友。比如你的学历，应该是什么就是什么，不要继续使用假学历，或者为了虚荣吹嘘出不切实际的东西。

很多人都承受着谎言的重压，其实慢慢恢复真诚的习惯，接受了真实的自己，你会觉得很轻松。

3.睡觉前不要想外界的琐事和烦恼，而是要温柔地对自己说话，告诉自己一切都很好、很安全，请继续以诚恳、踏实的态度对待生活，在这样平和的交流中入睡。

8_从"偏见学校"毕业

曾经有位一直跟随我们左右的老师，虽然他满口陈词滥调，粗暴而又轻率地下结论，但那些结论除了证明他自己愚蠢之外往往别无用处，我们还是会忍不住听从他，在人生的关键时刻不由自主地使用他教给的理论。

事后当然会后悔，可是这个世界上并没有后悔药。这位老师更不会给你后悔的机会，他还有一堆劝你忍气吞声地活下去的名言，有些还被包装得很华丽，一百年前在说，一百年后也在说。

"嫁鸡随鸡，嫁狗随狗。"
"孩子不打不成材。"
"女人头发长，见识短。"
"对于男人来说，兄弟如手足，女人如衣服。"
"打落牙齿和血吞。"
......

这位老师名叫"偏见"，他老人家的影响力之大，孔夫子很可能也自愧不如。因为有不少没受过教育的人可能不懂孔孟之道，但让他说几句"门当户对""夫唱妇随"之类的话，他肯定能说出不少。

传统观念给了我们好的一面，但不好的东西却在我们的脑海中生根发芽，束缚着我们的精神，让我们在生活中痛苦、困惑、不由自主。

你的"偏见老师"教给了你什么？有空的话列举一下吧。

对女人来说：

女人嘛，嫁得好最重要，别的都没用。

请听听很多离婚女人的心声：幸好我还有一份好工作，能够养活自己和孩子，不然的话为了一个男人我就失去了整个世界。

再听听那些怨妇的哭声：我要爱情，我要男人爱我，没有人爱我我就没有活路了，我就是太痴情，太爱他了。

无论是爱情，还是婚姻，都不应该以"独立"和"自我"做代价，真正美好的感情也并非一个人拼命地抓住另一个人，把占有当成爱，把占有的对象当成感情世界的唯一，那么离开了这个依赖的对象，离开了这个狭隘、紧张的感情世界，人生将如何继续呢？

嫁的人条件好，那很幸运；嫁的人条件不好，照样可以享受白手起家的快乐。有美好的婚姻很幸福，没有婚姻的单身大女人照样有事业上的成就感，又有什么不好呢？

人对幸福的理解是多样的，幸福绝不是孤注一掷。把"嫁给有钱人"当成人生最高目标的女人，她们跟赌徒、冒险家一样，把自己的前途、自己的幸福通通赌在别人身上，让别人去掌控自己的人生。她们成为的不是"理想的自己"，而是"有钱人的太太"。

然而，女人的人生价值绝不仅仅是做"有钱人的太太"才算幸福。你可以成为好妈妈、好老师、好会计、好销售员、好清洁工、好菜贩、好厨师……你有选择的权利，你有自己耕耘的一个领域，你经济独立不依赖他人，你始终带着乐观、热情的心态面对人生。谁能说一个"有钱人的太太"活得比这样的女人更幸福呢？

女人是用来宠的、用来疼的，女人就像小孩子，需要无条件地包容、呵护、宠爱。

女人就是玩具、宠物，讨主人的喜欢就行了，主人负责一切，女人只需依赖。这样的观念在五四时期就被批判过了。不少人都看过《玩偶之家》，经典剧作至今仍有现实意义。

《玩偶之家》的女主角被父亲、丈夫宠爱着，她是他们的洋娃娃、小鸟、小女孩，她曾经也以为自己是幸福的。但是，她终于要面对生活的真相：她只是男人的附属品，在家里毫无地位，尤其不能插手经济事务。她终于明白自己其实跟乞丐一样，别人给一口吃的，才能吃一口，如果不给，就只好饿着、等着。

很多人期望的所谓"真爱"结果也不过如此，感情关系沦落成了主人和宠物之间的关系，主人可以随时拔腿走人，宠物只能眼巴巴地看着，甚至因为主人不喂食就饿死了——这样悲惨的处境是由人与动物之间的不平等造成的。那么，叫喊着"我要被疼，我要被宠，我是小孩子"的女性，你们又把自己放在了什么位置？

首先要把自己当成一个独立的人，然后谈你的感情需求和感情关系，否则感情破裂痛不欲生不说，还会尊严扫地。

女人天生脆弱、感情用事，任性、虚荣、爱攀比。

可怕的不是男人给女人贴上这样的标签，而是女人经常给自己贴上这样的标签，并以此为借口，以为承认了这些就可以得到男人的宽容，结果得到的通常只是被看扁而已。

女性确实有自己的性别劣势，比如内分泌会使女性的情绪比男性更不稳定，但虚荣、爱攀比之类的品性完全是后天养成的，比如你接受的是怎样的价值观，生长在怎样的环境之中。

每个人都有脆弱的一面，区别在于有的人善于学习，在生活中逐渐变得坚强，而有的人越发脆弱、不堪一击，这取决于你自己的选择、成长，而并非男女之间的差异造成的。单就生理条件来说，女性忍受痛苦的能力远远高于男性，因为身体将来要承受生育之痛，所以提前做好了准备。

女人只会乱花钱，女人就负责花钱享乐吧，赚钱的事让男人做。

无论男女，不劳而获都不算一件光彩的事情。自己赚钱，自己理财，过好自己的生活，这不是专门针对单身女人的要求，而是针对一切现代人的要求。

给了某人第一次，就要跟他一辈子。

事实是无论男女第一次性行为通常是因为生理需要的驱动，少女常常把自己的迷恋当成爱，等发现自己迷恋的不过是幻想而已时，又开始因为"第一次"而勉强自己跟这个人继续下去。最后两个人都很痛苦，以男人变成负心汉、女人变成怨妇的结局收场。

你的第一次性行为很重要，但那不代表什么，不要用一千年前的贞操观去压制自己。当然，如果你愿意把性行为留在婚后，那也是不错的选择。不过，万一性生活不和谐，你也要承担风险。

对男人来说：

家务是女人做的，男子汉大丈夫不做这些婆婆妈妈的小事。

不做家务而且鄙视做家务的男人不是一辈子做"妈妈的乖儿子"，就是一辈子在臭袜子和脏衣服堆里过活。小事不属于做而大事做不了，自己不做家务，连小时工也请不起，专门等着女朋友或者太太来做全职保姆，这样的人敢说自己是大丈夫吗？

我是一家之主，不管什么都应该听我的。

独断专行的人必须要有底气支撑，以自我为中心的本质不过是被惯坏了的霸道，并非你比别人高明。家里的暴君往往是最没用的人，因为他们自卑，所以才以在家里称王称霸来证明自己——多么可悲。

爱就是一起做爱。

这是在激素的主宰下的大实话，两个人的感情关系中只剩下做爱，别的事情一律各管各的，这不是男女朋友，而是性伴侣。你有这样的态度是你的事，但最好在交往之前就先告诉对方这一点吧。

男人在外面拈花惹草那是有本事，女人三心二意就是不可饶恕。

对伴侣不忠诚、性关系混乱都不是什么值得炫耀的事，这样的行为代表的是道德观低下、毫无责任心、自私、放荡、不值得信赖，并不因为性别不同而有什么差异。

有些男人会搬出诸如"原始本能"之类的歪理来辩解，说男人的生理决定了他们就是要跟多个对象发生关系。这样的人应该穿越回原始社会，因为他只适合生活在那里，而不是法律提倡一夫一妻制的现代社会。

找处女做老婆。

很多男人的想法惊人地一致：赶紧找个女人来享受性爱，但找老婆我可一定要找处女啊。处女代表的是纯洁和忠诚，有这样的品质我才能把她娶回家做太太。

有些男性的思想就是这么偏激，因为他们丝毫没想过自己早已不是处男，如果女人拿同样的标准来评判他们不够纯洁和忠诚，他们会暴跳如雷：男人跟女人不一样。

不过在英文中，处男和处女是同一个单词。在汉语中，这两个词只是男女之别，但问题在于在贞操的观念上男女是否站在了平等的位置上呢？

在单身时代，我们有很多好机会赶走这位"偏见老师"，让新的思想、新的观念进入我们的头脑，让我们慢慢建立起属于自己的人生观、价值观，而不是被偏见左右，被动地在生活中浮沉，一次次错过本来可以让自己幸福的机会。

Cathy是一个典型的"女孩子"，26岁的她还习惯性地说"我们女孩"，在对一件事情发表看法时她会先说"我妈告诉我怎样怎样"，她做着一份不好不坏的工作，按时上下班，每天花在穿衣打扮上的时间比工作时间还要多。打扮漂亮，等着嫁个有钱人，这才是她最重要的工作。

很幸运的是，她找到了一个收入不错的男朋友，开着一家小公司，经济条件很好。Cathy唯一要证明的是他是否爱她，到底有多爱她。"偏见老师"传授给她很多道理，比如"爱我就要舍得为我花钱"。与男朋友一起吃饭时她从不埋单，每个节日都要求他送花、送礼物，因为"男人就应该赚钱给女人花"。再比如"爱我就要包容我的小脾气""女人就是需要男人哄"，她成为琼瑶剧中的女主角的化身，因为一点儿小事就会纠缠个没完，必须要他反复道歉、赌咒、发誓，不然还要上演一些女主角大哭逃跑，男主角在后面追之类的戏码。再比如"我的钱是我的，你的钱也是我的""女人的青春多么短暂，要他献出全部财产作为保证金"，她要求男朋友把房产都改到她名下，不然的话休想谈结婚。

Cathy是"偏见老师"的好学生，她听从老师的指示，那就是"找到好男人，我就得到了一切"，然后她活活地把好男人变成了坏男人：哄的次数太多了，实在懒得去哄；女友有事没事就哭得鼻涕眼泪一大把，再也不想和好，说一些会让自己起鸡皮疙瘩的情话；开会时接到她问了一万次"你爱不爱我"的电话，按掉就当没听见……

"偏见老师"说："爱一个女人就是宠着她、捧着她，让她做公主。""父母都当我是宝贝，男朋友或丈夫当然更要当我是宝贝才行。""我在家没受过委屈，难道现在要受你的委屈不成？""女人本来就脆弱，你要保护我、安慰我，我哭了你应该逗我笑，抱着我把我当成小宝宝拍一拍才行。"……

很可惜的是，Cathy把这些东西当成了真理，在别人看来却是谬论。当男友的耐心和容忍都被她耗尽时，一段感情也就结束了。

Cathy恢复单身后并不开心，此后她很难找到跟前男友的条件一样好的对象，而经济条件不够好又违背了"偏见老师"的教导："嫁给穷男人没有前途，会害了自己一辈子""贫贱夫妻百事哀""找对象要讲究门当户对"。

她的单身生活非常灰暗，"偏见老师"还在时刻提醒她："过了30岁可就完啦！""再单身下去就成了没人要的老处女了。"

Cathy终于赶在30岁之前结了婚，但这并不是幸福的开始，"偏见老师"告诉她说："不是东风压倒西风，就是西风压倒东风""女人要对自己好一点儿，对别人狠一点儿""能管住男人的女人才是成功的女人"。所以，她开始陷入与丈夫无休止的争吵中，要完全掌控对方，一切事情都听她的安排才行。

"偏见老师"会指引你走上一条封闭、保守、陈旧的路，此路并非不通，也许两个同样是"偏见老师"的好学生相遇了，在相同的观念的指导下，大家照样可以过上"美好"的生活，但单身的我们还是让自己充满活力，让大脑和身体都活跃比较好。

关于爱 宠爱不是健康的爱，爱应该是两个独立的人互相关怀、信赖、理解、包容，有感情上的交流，也有观念上的共通。爱是一起成长，爱是相互独立，爱绝不是依赖、控制、征服、迷恋。

关于性 欲望不是性的唯一内涵，性关系到我们的身体健康，也是感情生活中重要的一部分，但性爱不是感情的全部，性不可耻，也不可怕，两个人充满爱意的性行为是美好的人生感受之一。选择跟谁、在什么时间发生性关系，承担这一选择带来的风险，这是每个单身者都需要三思的事。

关于钱 经济能力是个人独立生活的基础，钱多钱少会影响生活质量，但它不见得就是决定性因素。感情生活中的经济问题是非常值得重视的，那将是两个人的经济观念的一次碰撞和融合，如果融合不了的话，千万不要勉强。心怀不满地埋单后得到的只会是对方的不满。

关于生活 积极努力地去行动，从把一件衣服洗干净到开启一个创业项目，把自己的想法变成脚踏实地的行动，在行动中享受自由和快乐。梦想绝不是空想，如同真正的恋爱绝不是暗恋一样。

　　关于幸福 如果你决定做一个幸福的人，那么你就开始了自己的幸福之路。你的幸福不必也不能寄托在任何人身上，不是有父母、伴侣的赠予，你才能得到幸福，而是自己要动手去做、迈步去走，才能实践出属于自己的真正的幸福。

　　趁着你还没有老去，赶紧从"偏见老师"那里毕业吧，感激他给了我们一些约定俗成的东西，有好的一面尽量参考，不好的一面还是勇敢地打破吧。

Tips

1. 把你的脑海中所有令你不舒服的"女人或男人就应该怎么样怎么样"通通写在纸上，然后撕碎，丢进马桶。

2. 在别人对你说"不孝有三，无后为大"之类的话时，你要说："不，不是这样的。"要平静有力地反驳。

3. 在自己做了比较不符合常规的事情时，鼓励自己：我在做我自己，我自己能承担。比如，一个人去旅行，四处拍照，享受自由。再比如，单身时就买好房子享受独居的环境，而不是听别人的话"女人要嫁给有房子的男人"。

4. 每次战胜了"偏见老师"之后，记得去吃顿好的，庆祝一下。但如果你被迫屈服于偏见，请不要过分自责，学会适应，慢慢寻找改变的机会。

9_对自己的情绪负责

Jim送给前女友Amy的分手礼物是一张表格，上面标注了"开心""不开心""吵架""疯狂"几项，Amy清楚地看到，在两个人相识的两年中，他们之间是平静而愉快的朋友关系，但在成为恋人开始交往的三个月中，"不开心""吵架"和"疯狂"的状态居然占据了大部分时间，Jim很客气地说："既然我不能让你快乐，那还是分手好了，你能找到更好的人。"

Amy很愤怒，她冷冷地拒绝了男朋友继续做朋友的要求。但那张表格一直催促着她反省，为什么恋爱中的她是那么脆弱，受不了一点儿刺激？为什么她总是在跟他赌气，说起来根本无足轻重的小事，她却一直要闹到歇斯底里大发作？恢复正常之后继续跟他一起出去看电影、见朋友，在众人面前露出温柔的微笑，但等一回到住处整张脸又拉下来，开始诉说自己对这次约会有多么不满意。

愤怒过后，涌起更多的是不安，Amy发现了自己的问题：在恋爱中过分紧张，把自己放在一个"请你快点儿来讨好我"的位置上，如果对方做得不够多、不够好，她就会发脾气。

但在做普通朋友时，Amy是一个理智、平和、有点儿沉闷的人，无论在工作中还是在生活中，她通常能把自己的情绪控制得很好，而且高度自律的态度让她在工作中很受重视。

如果不是这次恋爱，Amy一直不知道自己体内沉淀了如此多的情绪垃圾，寻找到出口后像洪水一样冲出来，毁掉了她原本很在意的情感关系。

我们每个人的身上都带有这样的教育痕迹：对外人彬彬有礼，却把亲人当成"情绪垃圾桶"。若不是亲人，那么密友、恋人就首当其冲。

很多人觉得这样做理所当然，他们认为亲密的情感关系是安全网，可以保护崩溃的自己安全着陆。完全不考虑自己的情绪发作是不是会给别人造成伤害——没办法，爱我就要包容我，大不了等你发脾气时我也忍受你就是了。

更进一步的要求是：哄我啊，我发脾气需要你哄我、安抚我。你越是不肯，那我当然就会越生气了。

其中的逻辑是：亲密的人，请对我的情绪负责。由这样的逻辑推断出的幸福是，等找到一个最爱我、最能包容我的人，我就幸福了，我的情绪列表上就通通是"开心"了，即使不开心，他/她可以哄我开心。那么，反证出来的是，如果一直找不到这样的人，我就会一直不幸福。

所以，单身生活中只剩下了沉闷、乏味、迷茫、伤感以及无处发泄的怒火、种种或大或小的不如意，而遥远的感情生活开始被附加很多东西：这个人要爱我、体谅我、宽容我，陪我去旅行，帮我解决生活问题，有我所没有的品质、职位、收入、性格，他/她让我的生活变得不一样，我会为他/她变得更好，一个全新的、完美的人生就此开始。

这不是恋人，这是救世主。

而每个成年人都应该知道的是，救世主从来就是我们自己，而不是别人。

要成为自己的救世主，就从改变我们的情绪开始吧。

可以从多个角度了解自己，可以按纵向的时间轴梳理自己的童年、青少年、成年时期，也可以横向剖析当下自己的身体健康、经济状况、兴趣爱好、性格脾气，等等。

正常人不会无缘无故地产生情绪波动，当我们受到外界的影响时通常会有喜怒哀乐的反应，这很正常，问题在于这些情绪往往被无限夸大，而大的反而被压抑、刻意忽略，这样的处理方法会让人的内心越来越脆弱。

同样，容易情绪化的人也会被视为"幼稚""不可理喻""难相处"，在生活和工作中都会因此产生困扰。

请确定这一点：情绪是可以被了解、控制、自我调节的。学会调节情绪，加强自控力，你的心也会慢慢变得坚强、乐观，了解了自己的情绪周期，你会更好地处理一些问题，而不是动不动就迁怒于人，对周遭环境充满了敌意和憎恨。

感受自己的情绪变化

你今天发脾气了吗？没有关系，发过之后回顾一下你为什么发脾气，整个过程是怎样的，你的心情是如何上升到"愤怒"这一层面的。

举一个例子：小丁在超市排队结账，本来心情不错，但排了很久队伍迟迟不动，收银员动作非常慢，还满不在乎地跟别人说笑。他开始烦躁、不满，接着来了个插队的人，想要挤到前面去，这时小丁的怒火终于被点燃。

在与插队的人以及超市保安争吵后，小丁仍然余怒未消，心想："这些人素质怎么这么低下？太讨厌了！"跟朋友通电话时他把这件事讲给朋友听，朋友附和了几句之后说："你的反应有点儿过激了，不就是多等一会儿吗？干吗这么生气？"他顿时提高了嗓门："那你的意思是我不对了？"

勉强聊了几句，小丁挂断电话，气呼呼地上了床却很久不能入睡。他想到很多令自己愤怒的事情，并不断地提醒着自己：这世界多么不公平，对待无辜的人多么残酷。由此，他的愤怒进一步升级。

第二天，小丁上班时因为晚起而迟到，下午一位客户打电话过来时态度很粗暴，小丁辩解了几句之后声音也开始提高……再次争吵过后他心灰意冷，第一千次考虑辞职不干了，这份工作真是太烂了。

不要再一次"顺其自然"，学会了解你自己，清楚地知道你是因为什么而愤怒，什么因素成为了催化剂。情绪冲动的人缺乏自我反省的能力，如果多进行一些回顾，像放电影一样回放这些细节，而不是一想起来只会说"气死我了""好讨厌""全世界都对不起我"，那么就不会积累那么多负面情绪了。

不要放大负面情绪

愤怒、忧愁、悲伤、焦虑、恐惧……当我们被这些情绪缠身时，常常会不自觉地放大负面感受，沉溺于扮演一个"受害者"的角色，丧失了客观的立场，这样怎么能摆脱负面的东西，让自己真正积极起来呢？

我们的意识中都有一个放大镜，聚焦在什么地方，什么地方就会被放大很多倍，不再是原来的样子。同样，悲伤、忧郁时去听伤感的音乐，看一些"黑暗系"的文字，无限度地夸大自己的不愉快、消极的情绪，那么我们也就深深地陷入这些情绪的陷阱，无力挣扎。

了解了情绪的变化之后，客观地对待它们，不要随意放大悲观的一面；不要被情绪遮蔽了眼睛，只看到生活中不好的一面，这样除了让你越来越脆弱、越来越暴躁不安之外，别无好处。

让理性来做决定

放任情绪的结果是丧失理智，愤怒之后不安，不安之后焦虑，焦虑之后失落，失落之后消沉，一系列每况愈下的情绪变化会让我们搞砸很多事情，而这些或大或小的失败会让我们更加怀疑自己的能力，反而加深了不安、焦虑和挫败感。

请记住，在你的身体里有一个"理性"的专门机制，你需要让它来发挥作用，而不是全部依靠你的情绪、你的心情。高兴了怎样都好，不高兴了怎样都不好，而怎样都不好又会让人更加不高兴。

理性会在这时对你果断地说："不，不能这样下去。"

当负面情绪来袭时，我们首先要做的是转移自己的注意力，不能任凭情绪摆布，可以做一些简单的、重复性的体力劳动，也可以做点儿家务，打扫自己的住处，当你关注的是房间里的灰尘而不是某件让你烦心的事时，你会渐渐发现，那些烦恼也不过像灰尘一样，扫掉就好了，我们不必每时每刻都面对它们。

转移了注意力之后，你会跟这件事保持一个适当的距离，这时你需要问问自己："到底我应该怎么解决这个问题？"然后听从你的理性为你做出的判断。

如果你还是怀疑这个判断不够好、不够可靠，那么你要相信自己，至少你已经有了一种解决问题的方式，去倒头睡一觉吧，醒来之后头脑更清醒，也许你会有更好的主意。

依靠任何一位明智的朋友都不如依靠自己的理性来得有效。人就是这样慢慢变得成熟，能坦然面对生活的磨炼。理性跟工具一样，你不去用，它就永远跟你格格不入，永远只停留在纸上谈兵的阶段，总是说"道理我都明白呀，我做不到"的人并不是真的明白那些道理，他们在理性上没有接受它们，所以在行动上就不肯去实践。

负面情绪带来的最大坏处是"无力感"

如果你的内心深处一直有个声音在说："反正也改变不了什么""怎样都是不行""我太笨了，我简直就是大傻瓜，活该受惩罚""我怎么配过好的生活，我烂透了"……时间就在这些自责中匆匆溜走，不会为我们稍作停留。坏情绪犹如堆放在门口的垃圾，散发着臭味，不但让你看着心烦，还会阻挡你的路，让你很难跨过去。

小简失恋时断绝了跟所有朋友的往来，她整天在家里以泪洗面，足不出户，每天除了吃就是睡，醒来后随便找个理由就开始哭，如此持续了将近一年的时间。她不肯梳洗，不肯出门，不肯去找工作，不愿意见人，每天除了哀叹命苦之外就是上网看言情小说，越悲惨越能让她产生共鸣，觉得每个女主角身上都有自己的影子。

一年时间很快过去了，小简打算振作起来。她错过了专业考试；

她错过了不错的工作机会，当时一起工作的同事现在已升职做了小主管；她错过了失恋后对她表白的邻居男生，只得到了人家结婚时送来的一包喜糖；她甚至错过了当面痛骂花心男朋友的机会——前男友出国留学，仍然过着风流潇洒的单身生活。

小简拥有的是胃肠慢性病、得了结膜炎的眼睛、增加了20斤的体重和"天下男人都不是好东西"的心态。

有人会说，这是因为失恋了嘛，很正常。不，不是这样的。并不是说当失恋、失业、家人过世等重大打击降临时，我们就有任性的权利，可以放任自己沉湎于坏情绪中停滞不前。正相反，当我们身处逆境时更需要有行动力，让自己从低谷中爬起来，走到阳光灿烂的地方。

待在家里胡思乱想不如马上去做点儿对自己真正有益的事情。比如打扮得漂漂亮亮啦，去图书馆看看书啦，多做运动啦，参加几次朋友聚会啦，去唱唱歌跳跳舞啦，也可以做一些公益活动，比如做义工去帮助别人。这些行动会真正起到作用，让你避免坏情绪的打击。

你不用马上变好，但你随时可以转身离开。可能下一处你还是会碰壁，但你不能因此就否认了下一处——你还没有去走，怎么知道走不通？

使用你的"幸福储蓄"

坏情绪让你的脑海中充满了负面信息："世界很坏，人心险恶""我的生活简直不是人过的""我是倒霉蛋、失败者""痛苦已经打败了我，我没有反击的力气"……

当坏情绪开始侵蚀你的时候，你最需要鼓励和安慰。像往常那样去找你离你最近的朋友？不用，你需要学会自己开导自己。

动用你的"幸福储蓄"吧，此前对小幸福的积累在灰暗的时刻可以照亮你的心。

我还可以连续做20个俯卧撑，我的身体很好，我想要做什么都可以马上去做。

周末爬山的时候虽然下了雨，但在山顶上我们看到了彩虹。其实，挫折也没什么大不了的。

爸爸发短信说我寄给他的衣服很合适，说他很高兴。我一定要好好努力，不让父母担心。

我有十多个可以随时陪我谈心的好朋友，为什么要特别在乎这个抛弃我的男朋友呢？

虽然装修多付了钱，但住进新房子毕竟还是好事啊，而且房子是我自己买的。

打开手机中的照片，对自己说，在任何不开心的时候都别忘记在路边见到的那朵美丽的小花。

人有七情六欲，没有人可以整天都嘻嘻哈哈、无忧无虑，我们更不必假装自己每时每刻都很开心，坏情绪是会有的，坏事情是会发生的，但不要让它们占据了你全部的生活。

认识到自己的情绪周期，了解自己情绪细微的变化，接着慢慢地学会控制、调整自己的情绪，那么你就会渐渐地变得坚强、冷静、遇事不慌，不是坐下来发牢骚、抱怨，而是积极地去寻找解决问题的方法，调整自己，让自己慢慢恢复常态，你会发现幸福从未远离你。

1.培养一些只属于自己的情绪表达方式，比如买束鲜花，在花香中深呼吸，忘记烦恼。再比如丢掉一些旧物，想象你不喜欢的事情已经被你一起丢掉。

2.做一套简单的健身操，形式不限，可以是健美操，可以是街舞，也可以是中学时的广播体操，把精力专注在自己的身体上，情绪会不知不觉地平和下来。

3.从令你情绪失控的环境中脱身，如果是在单位就离开座位转一转，如果是在家里就到外面走一走，不要让环境变成坏情绪的发源地。

4.不要迁怒于人，很多人因为情绪的问题失去了朋友、爱人，甚至跟亲人决裂，事后再补救也无济于事了。记住，要承担责任，自己好好调整，不要把坏情绪发泄到别人身上。

5.不要靠酒精、药物、疯狂购物来安抚自己，这些行为只会消耗你的钱财、损害你的健康，如果因此而养成了坏习惯就很难改正了。

10_把"狗窝"变成"金屋"

单身者谦称自己的住处为"狗窝"通常不是客气话——简单的家具，东一件西一件的衣服，落了灰的报纸和杂志，床底下可能还有一把自己以为忘记了的吉他，门口是一堆乱七八糟的鞋，拿到哪双就穿哪双。很多单身者的厨具只有一个锅，有的连锅都没有，如果不在外面吃的话，只能在家泡面。

单身嘛，能凑合就先凑合了，等到成家过日子了不就开始忙装修、做家务、煮饭、洗衣了，急什么？

单身不就是为了享受可贵的自由吗？你看，这就是我的自由。

自由不等于邋遢、懒惰、消极的生活方式，坏的生活习惯会直接影响婚后的生活质量。

为什么一个人就要凑合呢？为什么一个人就要住"狗窝"呢？

一个人也应该住在"金屋"里。不管你是住单身宿舍、出租屋，还是住自己买的小房子，都应该让自己生活得舒适、丰富、有情趣。

一个懂得生活的人，无论婚前还是婚后都会把自己的住处打理得很好，温馨美好的小家会让我们觉得温暖、亲切。如果你带朋友来小聚，你的居家品位也将是对你个人的补充说明。你是勤劳的，还是懒惰的；是清爽有秩序的，还是混乱的；是严肃的理性派，还是唯美的浪漫派，你的家都会替你说出来。

　　也许有人马上会叫苦："谁不想住得好？拿钱来呀，有了大房子我也会好好收拾的。现在这几平方米的小地方，我怎么收拾都没用。"

　　其实，如果你能做到把地擦干净，把散落的书摆放整齐，把穿过的衣服和未穿过的分开，固定放在某个地方，这些行动需要花钱吗？而你做了这些之后，房间不是马上就显得舒服多了吗？

　　我们不愿付出的是行动，钱反而是次要的。

　　还有人会继续推托："我上班很辛苦呀，回家后不想那么累了。""我要求低，有个住的地方就成。""我住的那间破房子怎么收拾也没用。"

　　上班很辛苦，回家更应该有个舒适的环境迎接你；要求低，要求低而得到的多一些，那将更让人惊喜；破房子，收拾了还是比没收拾的好。

　　打理自己的住处，不光是改善自己的居住条件，更是激发自己对待生活的态度：我愿意改变，我愿意行动，我愿意做到更好，我不怕付出。

　　打理破房子也是一大考验，可以让你尽情发挥想象，挑战审美趣味，让它变得丰富、温馨，那么等你有了大房子，你就不会被千篇一律的装修风格限制住，会将它打造得与众不同。

　　林先生出租了房子里的一个小阁楼，来租阁楼的女孩子里有两位令他印象深刻。一位是Jasmine，另一位是Rose。Jasmine搬来的时候带了大包小包的行李，一大帮朋友帮她收拾、布置，东西多得几乎放不下。她娇滴滴地说："哎呀，我没有自己住过，不会弄，多谢哥哥姐姐们帮忙了。"很快，林先生被迫成了她的"林哥哥"，要教她使用电饭锅，帮她钉衣架，通下水道，给她倒垃圾，帮她签收大大小小的网购包裹。

Jasmine觉得林先生做这些都是应该的，举手之劳而已嘛，自己不是付了房租吗？

林先生的女儿跟Jasmine上了一次小阁楼，很快就逃了出来："天哪，里面全是衣服，太可怕了，跟仓库一样。"

Jasmine唯一打扮光鲜的就是她自己，其余的事情她完全不怕麻烦别人："我都说过'谢谢'啦，世界上还是好人多。"

她搬走之后林先生已经认不出那个小房间了：遍地垃圾，地板还被蚊香烧了个洞，他心想以后不再出租了，实在受不了这样的房客。

Rose是同事介绍来的朋友，林先生不好推辞，提前跟她说了环境不好，Rose说："我不怕，更糟的地方我都住过。"

她租下房子之后先是彻底清扫了房间，接着买回几样便宜、实用的小家具，最后带着一盆绿萝、两个箱子搬了进来。当天晚上Rose烤了个蛋糕，送给房东一家，林先生的女儿跑上去看她，接着就对楼下喊："爸爸，我要住在这里。"

林先生也对她的装饰能力惊叹不已，那么小的房间显得宽敞明亮，地板上铺着小地毯，盖住了烧过的痕迹，墙上有一大块民族风的织物，上面贴着很多Rose在国外旅行时拍摄的照片。箱子架起来成了小桌子，架子下的空间正好用来放书。被Rose布置得井井有条的家居环境好像杂志上的插画，林先生庆幸自己遇到了这样的房客，也希望女儿能多跟Rose学习，将来也能有她这样的动手能力和品位。

可惜没到半年Rose就搬走了，跟男朋友结婚去了，走的时候还是两个箱子、一盆绿萝，只是那盆绿萝又长大了不少。

Jasmine在搬走一年后又打电话要求回来住，林先生委婉地拒绝了她，她在电话那边大哭起来，不明白为什么"林哥哥"竟然在她困难的时候不帮助她，真是人心险恶呀，大家都来欺负她这么一个可怜的小女孩。

林先生有点儿负罪感，可是他实在不愿意再做她的兼职保姆。

我们的住处是开始独立生活的基础，绝不能忽视、嫌弃、放任，让自己每天住在垃圾堆里，也不能让自己的生活依附于人。如果合租的人比较能干，那么就都让他们干好了，反正我是没用的人。买东西跟着别人买，做事情跟别人去做，做决定时就让别人给我拿主意——请问，这样的话独立从何谈起？

在家里娇生惯养的孩子在外面也习惯被人照顾，习惯了撒娇，因为他们以为撒娇是有效的，撒娇就可以让别人跟父母一样无条件地宠爱他们。

事实呢？你并不比别人娇弱，你跟每个独立生活的人一样，要学会烧水、做饭、收拾房间、洗衣服。

不要以为去买一大包卫生纸就让自己成了庸俗的家庭妇女，你不去买，难道永远借别人的用？也不要以为合租时的家务是可做可不做的，你偷懒，别人就多付出了劳动，在你眼中"这点儿小事没有什么"，但最后也没见你对合租的朋友做出什么惊天动地的大事来弥补你平时的偷懒。

在单身者的聚会上经常可见这样的人，别人在切菜、洗菜、布置桌子，他们在玩耍、聊天，高兴地说："好开心呀，就跟在家里一样轻松。"

自私、任性、养尊处优，无论男女最后都会面对生活的真相：没有人喜欢这样的人，就算你真的是公主，请你随身携带仆人，不要使唤自己的朋友，让别人无限付出。

独居的单身者需要注意的几件事

1.养成定期打扫房间的习惯，不管是租来的房子，还是自己的小公寓，要像刷牙洗脸一样去打扫卫生。

不干净的环境不但给人一种邋遢的感觉，而且过多的灰尘、隔夜的垃圾会滋生病菌，容易让人生病。

2. 一张舒服的床，大小不拘，但要很舒服，很适合睡眠。有人失眠多年后才发现自己对床垫过敏，难怪一躺下就浑身难受，只好起来继续上网。因此，不要犯这样的错误。

如果你每个月都花两三千块钱买新衣服，不如考虑暂停一下，把钱攒起来，给自己买一张真正的好床。衣服不见得每天都会穿，但每天享受到有质量的睡眠才是值得投资的事。

3.收集一些有创意的家居图片、手册，作为布置房间的参考。

杂志上漂亮的布置、有创意的小东西其实可以在生活中实现，不要总是看看就完了，而是应该想想哪些东西可以在自己的蜗居里变成现实。

4.设置固定摆放书籍、悬挂衣服的位置，不要随手一扔到处都是。

随手乱放东西，回头不容易找到，每天都把时间花在在杂物里找东西上，不如花时间给房间建立起一个合理的秩序。注意，这不是别人强迫你的，你只需要按照自己的习惯来做就可以了。你愿意把钥匙放在床底下，没有问题，记住那个地方，以后都固定放在那里，这样你每次出门前就再也不会苦恼、生气：钥匙怎么又不见了？

5. 只保留最实用的家具。空间是宝贵的，某样东西你放了一年也没用上，考虑扔掉吧。房东的大桌子看似很新，其实毫无用处，平时只是用来堆放杂物而已，那就考虑去跟房东商量一下把桌子处理掉，换一个你淘来的五斗橱。

很多出租房里的旧家具都在白白浪费空间，并没有发挥作用，不要拖延，你可以改变这一切。

6. 摆放几件让自己心情愉悦的纪念品。注意，再好的东西也不要一股脑儿都摆在外面，这样不但会落灰，而且会有打碎的危险。最好摆放原创性强的东西，比如自己拍的照片、上学时画的画、自己做的一串风铃……这些东西记录了你的成长，也会见证你的审美趣味的增加。

7. 如果房间采光不好，考虑买一盏落地灯来调节光线。充足的光会让房间更温馨可爱。

天花板上只有一个日光灯，厨房和厕所里用的是小灯泡，这样的光线很难让人有好心情。你可以换一盏明亮的灯，多添置几盏灯，柔和的光线会让你觉得自己的蜗居舒服很多，新买的灯具在搬家时可以被带到新家去反复使用。

8. 与其养宠物，不如养植物。不要因为自己寂寞就养宠物，之后"不得已"又把它们抛弃，那是自私、残忍的行为。

屋子本来就不大，除了人以外还要有猫和狗，它们的气味、毛发都集中在这狭小的空间中。小动物如同坐牢一样，主人也没有时间去遛它们。而原因只是"我最爱狗了""这只小猫多可爱""没有男朋友，我就先养只猫吧"……为了自己的感情需求，或者图一时新鲜养了宠物，等生活有变动了，就把宠物送人或是遗弃。

与其养猫狗，单身者不如养盆植物，每天浇水，让它晒晒太阳。重要的是，植物还会提供给你更多的氧气，让你神清气爽。另外，万一环境变动，你需要把植物送人，这样也不会有太多的负罪感。接受植物的朋友多半会很高兴地接受这样的礼物。

9.不要抗拒二手家具，经济条件不够好时，二手家具比二手的名牌包包更值得你花钱。

现在的物质生活丰富，在二手市场上基本可以买到任何单身者需要的东西，而价钱只是新家具的一半甚至更少。而且旧家具不会散发出刺鼻的甲醛味，搬回家后只需做个清洁和消毒就可以使用了。

如果刚工作就打算买名牌包，恐怕你对生活的理解还停留在表面，我们对生活享受的要求不能仅仅是满足虚荣心。而一个漂亮、容量大的二手衣柜会让你的小房子焕然一新，你可以把所有的东西都安放在里面，而不是把房间摆放得如同大卖场一样。一张舒适的大沙发，白天可以坐在上面看书，晚上拉开就是床，客人来了不用为谁打地铺争论半天，而且你也可以邀请自己的父母来自己所在的城市游玩了。

搬家时，你用得顺手的家具仍然可以跟随你去新家，而你的大批的衣服、鞋子、包包可能已经被使用过多次，可以直接淘汰了。

所以，不见得非要租"带家具的房子"来图省事，把空房间布置成属于你的家才是真本事。

10.利用有趣的招贴画、海报，色彩协调的窗帘、床罩，搭配好了会提升空间的整体感，让你的小屋显得很特别。

如果你的房间格局是固定的，家具是固定的，可以改变的东西实在太少，那么你仍然可以在房间里点缀些你喜欢的东西，装饰画、布艺是单身者的好选择。有时，寒酸的小屋子因为一套窗帘和同色的床品就可以显示出不一样的优雅与舒适。而你的桌布、墙上的画，漂亮的杯子、盘子，也会起到画龙点睛的作用，告诉访客你是个有情趣、热爱生活的人。

11.在你买得起大房子之前先在小房子里尽情地试验你的各种想法吧，这会是最好的经验积累。

很多人在装修房子时都带着遗憾，最多的遗憾来自于"我又没有做过""我是第一次装修啊"。是的，在房价高涨的今天，装修可能对我们来说是一生只有一次的大事，而在出租屋里积累的经验将是提升我们装修、家居感觉的好功课。一个人可能会因为生活所迫换了几次甚至十几次住处，但如果每一次都对自己的小房间有一些创意，有充分的灵感去布置你的小屋，那么等你住上属于自己的房子时，也许你对新家的设计已经胸有成竹了。

与异性朋友交往，与其看他/她穿的衣服，不如看他/她的住处。一个简单、有趣、乐观的人，他/她也会有一个有趣的小房间。像《机器人瓦力》中的男主角，即使他每天的工作很枯燥，只是收集和压缩垃圾，但他还是把自己的家收拾得井井有条，还有可爱的圣诞彩灯做装饰。

所以，别再懒了，开始动手改造自己的小房间吧。清扫你的房间，实际上就是清扫你的生活。

你住的是"狗窝"还是"金屋"，你要的是任性还是幸福，一念之间你就可以决定。马上行动吧！

Tips

1.不要等。很多人总觉得单身时先凑合，成家后再收拾，等成家后你会发现毫无做家务经验的两个人之间的问题实在是太多了。

2.不要懒。懒得做家务会让你的生活质量下降，影响你的心情。

3.不要拖。马上去擦地，马上把书摆放整齐，马上把桌子清空，你的小房间就会改观不少。

4.不要烦。如果你总认为收拾屋子是工作以外的劳役，那说明你就没有学会享受生活。如果家务给你带来的是快乐而不是烦恼，那么你的人生就离幸福近了很多。

11_跟"拖延"作战

Ken有一个多数人不具备的好习惯：他非常擅长整理物品，衣服、鞋子都收拾得井井有条，一些小的物品都被整齐地放进盒子里，盒子上有个列表，里面有什么东西写得很清楚。

走进他的房间，朋友们常常会惊叹：太有组织纪律感了。Ken为此也很得意，他在单位中做事也是如此，不管做过什么项目，找他问准没错，因为他的资料是最齐全、最有秩序的。

当然，这样的好习惯也有副作用，Ken吓跑了他的每一任女朋友，在他的眼中，只有他的排序方法是有效的、合理的，别人的方法都是邋遢散漫得叫人受不了的。等Ken花了很长时间明白其实自己也很令人受不了时，他去看了心理医生，经诊断他患有轻微的强迫症。他这才明白，原来每次走在地砖路上一次必须要跨过两块砖，这其实是一种病啊。

如果说过度整洁、条理化是强迫症的结果，那么我们大多数人习惯让自己的东西杂乱、零散、毫无条理，那就是拖延症的结果了。

每个人都会有这样挣扎的时刻：东西好乱……今天收拾还是明天收拾？明天吧……后天吧……下周吧……明年吧……

结果是明年积累的东西更多了，遇到想买的还是要买，而原来的堆在一起从来就没收拾过。

很多单身女郎都有一个关不上门的衣橱，她们把衣服、围巾、腰带胡乱卷一卷，乱七八糟地塞进衣柜。有一些过分随意的女人把穿过一次的衣服和没穿过的根本不做区分，于是洗过的衣服还没叠好，刚脱下来的衣服又被扔在了上面。混乱的衣橱如同一颗混乱的心，"我想要的""我正在找的""我冬天才用的""我确定不要了的"都混在一起，让人看了头晕。

一位单身女郎犯过这样的错误，她把冬天穿的棉靴和另一双靴子摆混了。她穿得漂漂亮亮，拖着箱子走过候机厅，一只脚很舒服，另一只脚却在靴子里出汗。等飞机起飞时她发现了这个问题……出差的结果是她又买了一双新靴子，背着旧靴子回了家。这三双靴子的后跟一样高，外形也差不多——但愿她下次别再搞混了。

很多人在衣橱乱的时候做的第一件事不是把衣服拿出来叠好、分类，而是抱怨自己，怎么买了这么多？好笑的是等出门时又会抱怨自己：怎么还是没有合适的衣服穿？

其实，把衣橱收拾好，养成定期清理衣物的习惯，这会让我们更了解自己的穿衣风格，更有计划地购物。同样，毫不犹豫地把不用的衣物处理掉，这样就能腾出更大的空间来容纳我们的新衣服。

有时候，收拾好你的衣橱就是你的新生活的开始。

整理衣橱的注意事项

1.从实用的衣柜开始

很多人的衣柜其实并不实用：大而无当，里面只有一个隔板和一根挂衣杆，看似空间很大，其实衣服只能堆在一起，无法清晰地分类。

考虑给你的衣柜加几块隔板吧，这样你的毛衣和衬衫就可以单独放置了，找起来多方便呀。

如果不能用隔板分开，多使用置物箱、网篮、纸盒也是分类的好办法。

如果衣柜实在不适合，就果断地去家具市场挑一个真正适合你的衣柜。

2.按你自己的想法去分类

杂志上有许多五花八门的分类收纳法，记住，适合你的才是最实用的，不见得杂志上的方法就有效。所谓日式、韩式之类的风格，是不是真的能照搬到生活中，你得真正尝试了才知道。

你可以按季节分类，或者按搭配分类，或者按颜色分类，或者按正装、休闲装、家居服的区别来分类，甚至可以按照"马上要穿的""过几天再穿的""打死也不会再穿"的办法来分类。

"适合你的才是最好的"，这条清理衣物的法则同样适用于你的恋爱。

3.保护好"娇嫩"的衣服

真丝裙子、羊绒外套、名牌套装，那些花了大价钱买回来的衣物往往不是被我们穿坏的，而是"死"于你漫不经心的对待。随手一扔，之后再压上别的衣物……等你想再穿时已经满是褶皱，熨都来不及。好衣服被压得太久，原本优美的曲线就会完全走形，无法恢复。

你的衣橱里有一些需要特别照顾的家伙，请把它们单独分出来，精心照顾。如果你花费几个月的积蓄买了一件经典款的小礼服，等你穿过了，保养到20年后还很光洁，你的女儿可以拿来就穿——谁说衣服不能成为传家宝呢？时尚本来就是不断地轮回。

1.没用的请马上放弃

你再怎么解释都没有用——除了礼服之外，没穿过三次以上的衣服基本上就是没用的衣服。

"我喜欢它的颜色、款式""因为当时大减价""它带个蝴蝶结""瘦了之后就可以穿"……这些完全不是你爱穿它的理由，而是你贪心的证据。看了觉得喜欢，马上就买，冲动购物的结果是衣橱里有穿不完的衣服，很多没穿过的衣服连吊牌都没拆——这不是物质享受，这是彻底的浪费。浪费了你当时心动的感觉，浪费了你花出的银子，浪费了你衣橱的空间，还浪费了你的脑细胞：穿还是不穿，这是个问题。

所以，请下一个比买衣服时更坚定的决心：放手吧。

最好的办法是邀请三五好友来开个"换装聚会"，大家把没穿过的衣服互相品评、交换一下，可以给不穿的衣服找到好去处，也满足了我们喜新厌旧的愿望。

当然，无论如何你还是要有一个或多个"旧衣服捐赠处"，可以送给经济状况不大好的亲戚朋友，或者送给楼道里的保洁工人，对于一些实用、能御寒的衣物，花点儿邮费寄给偏远山区的孩子吧，网上有很多捐赠方式，详细确切，有人名、有电话可以随时查证。

压了三年箱底的衣服，千万别再留恋了。即使是再漂亮的衣服，如果比你的腰围小一寸，穿上它只会令你难堪。

只有痛下决心地精简，你才能拥有高效率的衣橱。如果你只是贪心想留住那些根本不穿的衣服，那么请想一想，衣服也会寂寞和郁闷吧。

学会"不留恋"，学会"果断放手"，学会"不计较损失"，学会"重新开始"，这一切你都可以在处理不穿的衣服时有切身的体验。

等你计算过为了不穿的衣服花费了多少钱之后，你还将学会"不动心"，即使是再好的衣服，不适合你的也不要买回家挂着。

2.最佳搭配尽量放在一起

如果有条裙子只能搭黑色连裤袜，那么就把袜子和裙子放在一起吧。同理，复古衬衫可以跟那条鲜红的腰带搭配在一起。把最佳搭配放在一起，在放置衣服的时候记得让它们团聚吧。

当你想出别的搭配时，用完了记得把袜子和腰带放回原处，当然也有可能你发现了更好的搭配方式，那么就把好看的、有用的放在一起吧。

3.能压缩的请压缩

收纳厚重的冬季外套、毛衣、棉被时，放入真空压缩袋是很好的保存方式，抽出空气后，它们可以挤在一个格子里，省出更多的地方。而且，这种方式也会保护它们避免在一些气候条件不好的地方生出霉菌。

回头看看，这应该算是最简单的步骤了吧，而且同样的办法可以用在鞋子、包、首饰、小电器以及家里其他的杂物上。

经常用的、不常用的、应该丢弃的，仔细归类之后，就去整理吧。

等收拾完曾经以为永远收拾不完的东西，看着房间整洁明亮的样子，你会不会感到幸福呢？

如果你发自内心地认为自己完全不喜欢井井有条的环境，而是喜欢舒服、松散、自由自在，这样也很好。不过，至少把要穿的衣服和要洗的衣服分开，固定地放在一个自己能找到的地方。

如果你发自内心地相信时尚杂志的内容，觉得自己应该在服装搭配上多花时间，那么把你整理好的服装图片都放进一个透明的小盒子，让你打开衣柜就能看到你的"搭配指南"，来帮助自己向"时尚女郎"进化。

很多单身者喜欢逃避家务劳动，结果东西越来越乱，自己也越来越烦躁。其实，你不过需要一个安静的下午，付出时间和决心，你就会拥有井井有条的房间和生活。

等你能够掌控自己的身外之物后，你的自控力就上了一个台阶。

在你买一件衣服时，应该想到的不是"我喜欢，我要马上占有它"，而是"我是否会穿，我要对它负责"，那么你就从"任性"走向了有"责任感"。

在你放弃了一个很好、很贵，但买回来从来没背过的包包时，你就明白了人生的很多遗憾，不是我们一次次重温就能弥补，而一时的冲动终究不是长久的相守之道。

人在心情低落时总是觉得无处可去，考虑把收拾房间作为首选吧，放点儿音乐，给自己泡杯热饮，慢慢地清理自己的东西——实际上，你是在清理自己的心。

Tips

1.可以把自己最得意的搭配拍下来，保存在电脑中，你的时装记录会帮助你用最快的时间找到适合你的衣服。

2.宁可买一件、合身的外套穿上五年，也不要买市件穿了一次就丢掉的便宜衣服，这样的购衣原则会让你的柜子越来越简洁。

3.帽子和围巾就能解决新鲜感的问题，不要透支信用卡买太多衣服，之后又后悔，但已经无法退货。

4.跟好朋友交换一下没穿几次的旧衣服，说不定效果会比你多花几千块要好。

5.不要轻信杂志，模特穿了好看的你穿不一定好看，而且多半容易撞衫。

12_讨好自己的胃

"抓住男人的胃，就可以抓住他们的心。"很多女人因为这个专门去学习厨艺，仿佛做饭不是生活技能，而是"伺候"伴侣的手艺，是一个择偶的"有利条件"。

这跟"荣升豪门阔太""钓到钻石王老五""嫁对人幸福一辈子"之类的价值观有什么不同呢？

把自己打扮漂亮，锻炼好身材，持家理财、煮饭洗衣样样精通，上得厅堂，下得厨房——原来都是为了做某人的太太而准备的吗？难道不应该是首先取悦自己，让自己更开心，生活得更舒适吗？

这是一个需要澄清的问题：做饭，首先是做给自己吃的，不是做给别人吃，更不是做给别人看。

很可惜，跟很多问题一样，我们往往先忽略了自己的需要，而为了别人才肯绞尽脑汁。

对女人来说，"做饭"更是被视为婚姻中"自我牺牲"的一部分，怨妇的哭诉中往往会有这样的说辞："我一个千金大小姐为了你才去学做饭。我给你煮了那么多年饭，你竟然背叛我，去找别的女人……"

　　好吧，背叛之类的剧情我们不讨论了，就拿做饭来说，那是不是不结婚、不同居、不跟某个男人在一起，我们就不做饭直到饿死或者老死？

　　说起千金大小姐，无非是在家娇生惯养，被父母伺候惯了，一旦自己动手做饭就感觉身段放低，满肚子委屈。要是给别人做饭，那就更加委屈了，稍有机会就得拿这说事。

　　有个"田螺姑娘"的故事可以满足男人的幻想——想想看吧，随便捞个田螺就可以变成美女，给他们做家务、烧饭菜，之后又变成田螺回到水缸里，完全不打扰他们，这是怎样一个完美的女朋友啊。单身男人除了等天上掉馅饼之外，还在等着天上掉女人，最好还是会做馅饼的女人。

　　单身人士还有个可笑的逻辑：万一我学会了做饭，那结婚后不就全靠我了？所以我不能学，我连开水都不会烧，对方一定得伺候我才行。要不就接受，要不就走人。

　　单身的时候，我们宁可去外面吃油腻的盒饭，呼唤一群朋友吃火锅，吃那些用地沟油炒出来的菜，习惯性地吃肯德基、麦当劳，去超市买一大堆零食，或者心血来潮买很多水果，吃不完就通通坏掉。说得干脆点儿，单身生活用方便面来形容最恰当了：快速、方便，没营养、没规律。

　　不要以为这是低收入人群的专利，正相反，有着不错的职位和收入的单身者也一样过着这样匆忙、凌乱、瞎凑合的生活。

我们宁愿花3个小时跟网友聊闲天，也不愿意花半小时给自己做一碗粥，随便吃点儿速冻食品就接着上网。

　　我们宁愿熬夜出去玩，早晨带着黑眼圈去上班，在路上随便买个汉堡、油饼做早点，或者直接饿肚子，也不愿意早睡早起，给自己做一顿真正丰富、有营养的早饭。

　　我们宁愿周末倒头大睡，然后找一家店去吃麻辣的川菜，不管之后带来的是腹泻，还是痛苦的便秘——即使知道这些我们也还是要吃，还说这是自己的最大享受。

　　这里有一个问题需要每个单身者思考：生活的简单、丰富、有趣是否要靠着大吃大喝、无规律的饮食来证明呢？

　　我们提倡的"爱自己""对自己好"，花半个月工资到五星级饭店里吃鱼翅，和自己去菜市场买来新鲜的蔬菜做顿饭，哪个来得更容易更健康？

　　现在，在年轻人中就开始流行的高血压、脂肪肝、糖尿病、胃溃疡等疾病，是否跟这些一会儿凑合了事，一会儿又狂吃滥饮的习惯有关呢？

　　如果你还没到30岁就拖着40岁甚至50岁的病体，那么幸福从何谈起？好心态不是用来逃避现实的呀！

　　跟收拾房间一样，我们先来看人们不肯做饭的理由吧。

我太笨，我没做过饭；
我怕火、怕油、怕烫、怕切到手指；
我做过，但是超难吃；

我太累了，没时间做饭，还是买着吃最方便；

饭店的厨师不是比我们做得好吃吗？

我没那么贤惠，要是我学会了做饭，那将来做饭的工作不就归我了？

我是大男人，做饭这种事还是女朋友来吧。

……

其实，做饭最基本的目的只有一个：喂饱自己。

煮饭、洗衣、收拾房间，都是最基本的生存技能，学会了是为了让自己生活得更好。至于是否要服务别人、取悦别人，取决于自己是否乐意。

愿意做饭给你爱的人吃是幸福的，享用的人当然也是幸福的。愿意做饭给自己吃，自己想吃点儿什么就做点儿什么，那也是一种"自得其乐"的幸福。没有人规定必须男人做饭，或者必须女人做饭，如果是二人世界中有人承担了这些，那么另一个人也会承担一些别的家务。

就单身生活来说，学会做饭既方便生活又经济实惠，还有利于健康。

当然，有些人的家庭条件很富裕，厨师、保姆、司机、护士一应俱全，看起来完全不需要家庭成员具备这些"基本生存技能"，但别忘了，即使是亿万富翁，他们也不会以养出一个四体不勤、五谷不分，面对洗衣机、电饭锅只会哭着喊"妈妈"的人为荣。国外的"贵族学校"也会专门开设烹调、理财、家政等方面的选修课，鼓励同学们自觉培养各种独立生活的能力。

很多人的幸福感是跟吃饭有关的：幸福是妈妈做的饭，幸福是奶奶给我煮的面，幸福是我女朋友给我做的蛋炒饭，幸福是我男朋友给我买的比萨饼。

那么，在你顺利地做出一顿饭，自己捧起碗来吃得很香时，是否也会感受到最真切的幸福呢？等你把房间收拾好，你煮的汤也已经香气四溢了。喝点儿用真材实熬料的老火靓汤，是不是比外面卖的味精高汤更有成就感呢？

早晨起床，一杯绿茶再加两片烤热的全麦面包应该会比地摊上的豆浆、油条更健康吧？所谓做饭的时间，不过就是放茶叶、加开水，半分钟后微波炉"叮"的一声响。

晚上回家，抓把米淘洗一下，一边煮着米饭，一边拾掇拾掇东西，很快就有热的白粥可以喝了。

家里没有米，连菜也懒得买，好吧，你懒得吃的水果别放坏了，洗了之后去皮、切块、加水，放点儿冰糖煮煮，这么好吃又营养的水果羹做晚餐也不错呀，而且还能消食，让你的肠胃更舒服呢。

在冰箱里存放点儿鸡蛋，白水煮蛋、隔水蒸蛋羹、西红柿鸡蛋汤，再下点儿面条——不会有比这更容易操作的了吧。

周末去菜市场买一个南瓜、几个大红薯回家，洗干净切成片保存起来，每天用微波炉烤几片，也是很不错的早点、夜宵，或者是下午茶点心。说起填饱肚子，它们的味道、营养比方便面、薯片之类的小零食都好太多了。

减肥的人更应该自己做饭吃，一来做饭能消耗你体内的卡路里，二来萝卜、胡萝卜、芹菜、黑白木耳、西红柿等蔬菜都是有利于减肥的好东西，要不洗干净生吃，要不烧水煮汤喝。

不减肥的话也可以给自己做一些无油无盐的菜汤喝，清理肠胃，而且蔬菜汤有种很自然的香味，比中药好喝。

学会了煮，下一步就是烧和炒。学会了做菜，烹调猪肉、牛肉也就难不倒你了。学会了享受做饭的过程，最后即使没有厨师做得好吃，那也不重要了。

重要的是自己做饭验证了获得幸福的整个步骤：选择你喜欢吃的食材，付钱买下来，回家洗干净，认真切好，下锅煎炒烹炸，做成既营养又好吃的食物，吃到自己的胃里，让自己的身体更健康。

自己动手，吃得舒服、安心，还有什么比这更能体现"我对我自己好，我爱我自己，我在行动，我很幸福"这一理念的？

买一堆名牌化妆品，化个杂志上推荐的浓妆，牺牲健康饿瘦身体，烫起大鬈发，让别人赞一声"美女"，这才是"爱自己"吗？

拼命加班，天天应酬到深夜，四处碰杯赔笑，目的是让自己多赚钱，找到更多的升职机会，不怕因此吸烟酗酒，昼伏夜出，这才是"对自己好"吗？

住着大房子恨自己没住上别墅，开着马六羡慕别人开宝马，戴着两克拉的钻戒嫌弃太小、太难看，吃了一顿档次高一点儿的宴席，参加了有名人出席的聚会，出国旅游或者出过差，就四处炫耀说个不停，这是否能证明"我活得多精彩，我比你幸福"呢？

我们对幸福的理解不是喊几句"我爱自己，我接受了自己，我很幸福"之类的口号就足够了，幸福无处不在，在你生活的每个细节中。幸福需要用双手去创造，细腻的幸福需要用心去领悟，平凡的生活属于自己温暖的小家，朝气蓬勃、脚踏实地的人生，所有的这些在最简单的穿衣吃饭中都是可以实现的。

Tips

1. 不必专门买很多菜谱，先找几道自己最喜欢吃的菜，学着多做几次，自己做饭是为了照顾好自己，努力做成好吃的东西，成就感十足。

2. 不必搞得很复杂，一上来就要烘焙蛋糕什么的，没必要。学会做蛋炒饭，会煮粥、煲汤，越简单可口越好，这才是单身人士做饭的基本原则。

3. 等习惯了自己一个人做饭，再呼朋唤友来享受，考虑做点儿红烧或者清蒸的大菜，叫朋友们来打打下手，既热闹有趣，又能减轻负担。

4. 关心同样单身的朋友——异性的，还有什么比做点儿他/她爱吃的东西更贴心？当然，从饭店里打包回去也不错，但厨师做的跟自己亲手做的还是有本质区别的。

5. 向单位或者小区的大姐、阿姨讨教厨艺，既可以学到诸多厨房窍门，还可以落得个"小张单身还自己做饭，真是好小伙/好姑娘"的美名，说不定什么时候她们就把自己身边的好对象介绍给你了。

13_ "睡" 出个未来

他英俊吗?

她漂亮吗?

他/她可爱吗? 容易相处吗? 在一起开心吗?

……在确定这些之前,请仔细看他/她的脸,如果那是一张常年带着黑眼圈、严重睡眠不足的脸,以上问题都可以回答:No。

缺少睡眠、睡眠质量低下正悄无声息地影响着我们的生活。这不是你一个人的问题,而是很多人的问题。

这个问题跟你的健康和幸福息息相关。

睡眠不足的人身体虚弱,不能承担长时间的工作,情绪不稳定,暴躁易怒。长时间睡眠不足会影响人的大脑机能和内分泌,损害健康和智力,造成女性生理期紊乱,男性脱发、早衰。而优质的睡眠能调节大脑、平衡身体机能,让我们消除疲劳,保持旺盛的精力。

很多单身者把睡眠时间让位给了无休止的网络游戏、社交网站、短信聊天、大量快餐式的网络小说……为了这些东西长期熬夜，靠着闹钟勉强起床去工作，没精打采地混过一天之后，回家后坐在电脑前七八个小时。

身体和大脑越来越疲惫，像被拉紧的橡皮筋。如果你不给自己充足的休息时间，如果你还天真地以为周末睡上十几个小时就能把一周的睡眠都补回来，那么拉紧的橡皮筋终有一天会彻底断掉。

还有人会坚持说，这样的单身生活多自在啊，想什么时候睡就什么时候睡，没人催我，也没人逼我洗脸刷牙，多好啊。

请问，一个浑浑噩噩、只在上网时精神百倍的人算是幸福的人吗？只在虚幻的世界中才有朋友，才能感知快乐，靠着大量文字和图片刺激才能有快感，眼睛干涩、头痛欲裂，这叫作幸福吗？

如果这样看似"自由""幸福"的生活严重损害了你的身体健康，你还会觉得"只是少睡一会儿有什么大不了"的吗？

在睡眠上，一定是"自律"比"自由"更能体现"爱自己"的原则。

找到安然入睡的小窍门

1.选择舒服的床垫、枕头，纯棉或者真丝质地的床单、枕套

有位朋友毕业后一直睡不好，直到他把自己的席梦思床垫换成了大学宿舍的木板床，很快就睡得很香甜。

睡不好的人先从自己的卧具上找原因吧。睡眠要占去我们一生1/3的时间，在这上面多花费点儿，比你买个新款手机更值得。

2.睡觉时将方位、光线、气味、声音等都调整到令自己最舒服的状态

如果怕黑的话给自己添一盏柔和的小夜灯，怕光的话加个遮光窗帘。如果怕声音吵到你，可以用耳塞，或者在装修时给卧室做隔音处理。

有些时候，一点儿鲜花精油、香熏蜡烛，一束盛开的鲜花，会让你睡得更好。

穿上最能让自己放松的睡衣，而不是听从广告的怂恿去买性感内衣、情趣内衣，后者不会帮助你睡得更好。

如果你不幸租到工地附近的房子，拜托不要贪图价钱便宜啦，还是挑个安静、舒服的住处，让你得到更好的休息。把钱花在买大批廉价、时髦的新衣服上，不如把钱花在住处上。住得好一点儿，可以保证你的安全、舒适，每天下班不用提心吊胆地回家，晚上也不会被工地的施工声吵得睡不着。

3.床只是用来睡觉的，明确你起居的功能区域

如果你窝在床上上网，喝水吃饭也在床边进行，不管白天黑夜，电脑桌只当不存在，永远把床当成唯一归宿，那么你睡不着觉也很正常。因为你的身体不知道这是什么情况，是在上网，还是要吃夜宵？

让你的床的功能专一一点儿，只用床来睡觉，等你走到床边，那就意味着睡眠要开始了，而不是抱着电脑准备跟朋友聊天了。卧室中最好只有睡觉的气氛，不要飘着饭味、零食味。这些细节会干扰你的大脑做判断。

4.不要过早躺上床

有些急性子的人希望马上就能改变自己不好的睡眠习惯，他们一下班就跳上床："我要睡觉了，好幸福啊！"等到凌晨1点钟时却忽然醒来，无所事事，4点后又昏昏地睡过去，7点半照样被闹钟叫醒，开始了渴睡的一天。

正确的办法是逐渐缩减晚上活动的时间，昨天12点睡，今天就11点半睡。过几天就11点睡，再过几天固定在10点半睡，早晨7点半起。坚持一个月，你会发现也许不用闹钟就可以醒来。

所谓"睡到自然醒"，那是因为我们睡够了。

5.使用热水做个人清洁

洗脸、泡脚、洗个热水澡，都会有助于全身血液循环，让你疲惫的身体开始进入到休息和放松的阶段。

热水应该是最便宜也最容易得到的保养品了，我们中国人的泡脚养生法现在连国外的朋友也在学习。坚持做到这一点的阻碍是懒惰：我懒得烧水，我懒得洗脸、洗脚，我困了想睡觉，不洗也没关系的。结果是躺下没多久，翻来覆去睡不着，再打开电脑或者电视，直到极度疲劳时才睡过去——为什么不在睡前做好清洁，用热水泡脚，让自己浑身暖和、干净又愉快地睡觉呢？

6.睡觉前进行简单的呼吸练习，听点儿轻音乐或者有催眠效果的音乐

轻而慢地呼吸，一点点地感受自己身体的放松。让大脑的思绪渐渐平息下来，跟着优美的音乐一起缓缓起伏。

催眠的声音有很多，有海浪声、流水声、下雨声……重要的是放

松自己，从神经到肌肉，让身体彻底地沉入睡眠之中。高质量的睡眠会带给我们愉快、饱满的心情，让我们迎接新的一天。

7.绝对不要依赖酒精和药物

独居者可以有一点儿小怪癖，比如睡觉时抱着你的小熊猫、绒毛兔，可以睡得头下脚上，把脚放在枕头上，可以听摇滚乐入睡。但请注意，一定不要靠药物和酒入睡。

长期服用药物或喝酒会让你上瘾，而且会花费大量的钱财。你一旦停止吃药、喝酒，在漫漫长夜里辗转难眠，半夜里跑到药房和超市，你一定会有深深的挫败感：为什么会这样？我为什么成了这样的人？

"睡不着"是件非常痛苦的事，失眠、多梦也是很多种疾病的症状之一，让自己拥有高质量的睡眠，是比吃大餐、拥有珠宝、开豪车都更实在的享受。

睡足之后身体会很轻松，感觉浑身充满了力量，头脑也很清醒，随时都可以兴奋起来，遇到一点儿开心的小事也会哈哈大笑。而长期睡眠不足的人会焦虑、紧张、疲倦，对高兴的事情很麻木，对不满、愤怒等负面情绪很敏感，动不动就乱发脾气。

所以，你有没有想过，"睡个好觉"也是幸福生活的标志之一呢？

你觉得这个要求太低了？哦，那你一定是没有失眠过，恭喜你，你的"幸福"起点很高，对很多人来说，能早点儿睡觉而且睡得香甜就已经是最大的幸福了。

1.放松，从下班回家开始就完全放松自己，而不是从一台电脑前换到另一台电脑前，从工作频道换到游戏频道。

2.适当地拉伸关节，做一些轻松的肢体动作，不要随着剧烈的节奏大跳辣舞，你的大脑和身体都需要休息。

3.夜生活不宜太丰富。一周有几次就够了，千万不要把自己变成白天没精打采、晚上泡吧到凌晨的"夜猫族"，黑眼圈还在其次，你的肝脏如果受到了损害，你病倒了可不是闹着玩的。

4.晚餐吃得清淡些，不要为了弥补中午吃盒饭的缺憾晚上就大吃麻辣锅，肠胃有其自身的运行规律，不要让它们太辛苦。

5.要把健康放在第一位，早睡早起。你对身体下命令，身体会服从你。而如果你很任性地对待身体，那么身体也会任性地用各种毛病回报你。

14_工作并幸福着

Truda在加入公司之前还是一个有点儿自命清高的女设计师，但两年后她被另一家大公司成功"挖走"，离开时她恋恋不舍，因为她觉得这份工作是让自己步入健康生活的关键。

Truda在工作中结识了不少有才华的同事，还有欣赏她的客户，他们经常聚会，还一起团购了很多东西。Truda装修房子时公司里一位刚好忙完装修的同事把不少剩余的材料便宜卖给了她，真是皆大欢喜。而且，Truda画得一手好画，给不少同事的家里添了光彩，而他们也回报给她很多方便，比如邀她去自驾游啊，送她音乐会的门票啊，甚至有同事把表弟介绍给她做男朋友。同事之间的分享让Truda很快就如鱼得水，非常自在。

Truda很幸运，遇到了一帮热心的好同事。同样，如果她没有一颗愿意帮助人、与人分享的心，而是每天冷漠地对待别人，活在自己的小世界中，那么她也不能得到这些关照。

你的工作和生活息息相关，请不要变成放弃生活的工作狂，也不要为了放纵散漫的生活而影响工作。你可以是一个有趣的生活家，也可以是一个敬业的职场人士，这两者并不矛盾。

　　1.跟一份工作好合好散

　　Janet觉得自己天生具有"破坏性"，总是能把好好的事情弄砸。

　　毕业后她选择了在大城市发展，并在大公司找到了一份助理的工作，她每天跑腿、打杂、看脸色，工作之外的因素让她心烦意乱，觉得自己没有被重用，而且公司歧视新人。她很快就放弃了这份工作，之后找了一个中等公司中的市场策划的职位，这份工作的薪水也不高，但有了具体的项目可做，每天大家忙到半夜才能回家，她觉得薪水低又这么辛苦，何必呢？

　　Janet在寻找第三份工作时动用了家人的关系，找到了一份在事业单位中做办公室职员的工作，安稳、清闲，薪水虽然不多但是会有一些补贴，而且这次很幸运，她一进去就成了培养对象，以后可以转换编制，有成为正式员工的可能。Janet在这段时间里谈了一场恋爱，每天都让同事们目睹她的真人版爱情连续剧，对于领导指派给她的工作，她不是拖延，就是因为情绪不稳而无法交差。

Janet最后拍案而去，觉得自己绝不能做某个小领导的"走狗""马屁精"，同时还把自己的档案关系丢在了单位，之后办理手续时费尽了周折，家人还特地请客赔礼才算了事。

Janet最怀念的是自己的第一份工作，那个公司的名头她现在想起来还很自豪，以前跟她一起进公司的人经过两年的锻炼后已经升到总监秘书了，并且跟平时来往的一个大客户谈婚论嫁了。回过头来看看自己，高不成低不就，恋爱告吹，现在第四份工作非常不好找，而且最可怕的是，她觉得自己失去了勇气，不能再接受任何打击了。

任何工作都会有优点和缺点，机会从来不属于那些挑剔、苛求的人，而是属于更勤奋、更能忍耐、更愿意付出和更乐观的人。

有些人很不服气，觉得"我很特别，我就是要多找几份工作，挑选一份最好的"。可问题是找到之后如何把握，工作不应该是随便乱找的，找到后又不珍惜，专门去挑其中不好的一面，最后不欢而散，影响了自己在职场上的口碑。

工作跟恋爱很相似，多欣赏、多包容、多付出，你会得到回报；反之，关系破裂，你失去的不只是一份薪水，还有你在这个位置上的发展前途。

假如Janet可以这么想：

第一份工作：作为大公司中的新人，压力大机会也多，多认识人，多表现自己，早点儿通过试用期，在岗位上做出点儿业绩，多学东西充实自己，咬牙待上几年，就算不升职也有了跳槽的资本。

第二份工作：有独立的项目可以做，这是一个施展才华的机会，辛苦一阵子做出一个完整的项目，简历上会有很突出的一笔，如果项目成功，资历就跟着深厚起来，如果不成功，那也积累了经验，下一个项目成功的胜算就会大得多。在中小型公司里这样的人会有机会独当一面，工作看似辛苦其实是做事的大好时机。

第三份工作：既然追求的是清闲和安稳，这里已经全有了，搞好人际关系，勤恳做事，何况领导也很重视自己，这很可能是一份有退休金的工作呀！

前两份工作会帮助她成就自己，做出一些实在的事情来为简历增光添彩。第三份工作则是锻炼性格，从浮躁到踏实。这样的思考方式是从积极的一面出发，而不是不断看到工作中的灰暗面。

2.发掘工作中的小幸福

今天跟同事相处得很愉快。

意外收到了一位客户的问候。

你发现隔壁部门的某某简直就是"世界上的另一个你"，因此你们成为了好朋友。

你出差时恰好路过家乡，回家看了妈妈。

你开会时做了一次特别有感染力的演讲。

你的办公桌总是整齐、干净、美观的。

你被任命为年会的摄影师，大家都排队请你帮他们拍靓照。

……

生活中充满了细节之美，关键在于你的发现。对比一下，你会发现自己所不喜欢的可能是别人所羡慕的。

你讨厌出差，说："飞机一坐就是十几个小时累死了"，别人说："有出国的机会那真是天大的幸福啊"；你跟别人抱怨说公司安排的培训课上得好辛苦，对方说："怎么这么不知道珍惜，我都是自己花钱去培训"；张三说："公司太远，要坐一小时公车才能到"，李四说："跟我换吧，我每天都要开车两个小时"；一位同事说最烦整天穿制服，简直像乌鸦，另一位同事说："哎呀，你居然放弃穿制服的工作，多省衣服啊，看着神气极了！"

所以，做一个发掘和收集幸福的人，不要在烦恼中耗尽了热情。

你在工作，你很重要。

你在工作，你很热情。

你在工作，你很幸福。

1. 注意你的办公桌布置，放一盆绿色植物、一张家人的照片、几本专业书，都会给你"充电"的感觉。

2. 对于工作中的小错误，你不必反复自责，把它们记录下来，以后不再犯错就好。一年下来，这些记录会帮助你总结很多经验。

3. 保存一些有趣、温馨的电子邮件，不要随意删除。珍惜人与人之间的温情，你会得到更多。

4. 没事的时候给一些工作中不常联系的人发条问候的短信，这样可以维护关系，以后再跟他们打交道时会很顺利。

5. 同事之间能帮忙就帮忙，不要计较说"别人占了便宜我吃亏"。如果你是一个热情、善良的好人，那么你也会交到像你一样的朋友。

6. 积极参加集体活动，不要怕羞，也不要总是摆出一副清高的模样。

7. 如果离职的话，做好交接工作，写好离职报告，坦然地面对工作变动。

15_不要忽视金钱的小溪流

在单身者最常提起的生活问题中，"钱不知怎么就花光了"通常会排在前三名。"月光""卡奴""网购狂"也常常被用来形容单身者。也就是说，月月薪水都花光，办理多张信用卡循环透支，网络购物上瘾，这几个原因可以直接解释单身者的经济问题和时常爆发的"个人经济危机"。

不知不觉花光钱的人是"糊涂的穷小孩"，他们总是在抱怨自己收入少，不能满足自己的物质需求，同时也有点儿奇怪，为什么这些钱花得如此之快，又没有看到效果呢？但让他们反省自己的生活态度，哪怕是回头去看看消费记录，他们也会像小孩子一样任性地抗拒：我不！

也有不少人是"清醒的犯错者"，他们往往一边纵容自己各种不理智的消费习惯，一边又在自责，等钱花完之后还会陷入格外的焦虑之中，开始苛刻地进行"自我批评"：为什么花钱大手大脚？明明某某东西是不应该买的，你这样乱花钱什么时候才能买房、买车、结婚……

这样的责备虽然形成了压力，但是下个月会犯同样的错。在我们义正词严地"批判"的时候，潜意识中的自己在悄悄地辩解："我想要自由！""我想要对自己好！"

是的，其实这才是单身者过度消费心态的根源：追求自由。

经济的自由支配会让人感觉很痛快，无拘无束。喜欢什么，我可以买回来；不高兴了，我可以通过买东西来发泄。买了很多没用的东西，明知是浪费，可那种"我可以浪费"的感觉是一种奢侈的享受。

这也可以解释一些单身朋友的困惑：我出身于管教严厉的传统家庭，零用钱很少，那时我过得很好，为什么现在月薪不低却月月都花光呢？

因为被父母的消费习惯束缚的自我需要释放，需要好好享受这难得的"自由"。而且"自由"过头的表现就是不假思索地花钱，也不去评估要买的东西到底有多大价值。完全放任自己的感觉，拒绝父母的理性提醒。

拒绝的理由是：我再也不要像父母那样生活！

他们是怎样生活的？当然是惊人地节俭、老土，囤积着几十年的杂物不肯丢掉，把每一分钱，包括应该花的钱都存起来——然后很可能因为什么别的理由就又花掉了，为此，一家人过着毫无意义的窘迫生活。

所以，好好想一想，究竟是什么促使我们大手大脚地花钱？是童年生活的反作用力，还是性格中自我压抑的释放？是虚荣心，还是真的渴望幸福，渴望对自己好，让物质成为自己幸福生活的一部分呢？

这些想法我都有，是不是无可救药了？当然不是，这很正常。

对待金钱，我们的态度应该跟对待感情一样：它们很重要，但它们始终不是生活的全部。我们也不要把幸福感完全寄托在消费和婚恋上。要让金钱与物质真正为我们所用，让我们的生活便利舒适，那当然是可以让人幸福的，但如果我们每天算计的是钱，眼睛看到的只是物质，人生的追求只是为了住大房子、开好车，使用各种奢侈品，认为幸福只是有钱人的专利，那么我们的精神世界将无处安放。

生活得舒适、丰富、有趣才是单身者努力的目标。过度虚荣往往是耗费了金钱后仍然感到痛苦，因为这个世界上总有你想买而买不起的东西。

真正让我们感到幸福的东西是什么？请好好问清楚自己。

你需要的到底是一大堆廉价、时髦，还没穿上几次就已经被淘汰的衣服，还是一件真正质地出色、能够修饰身材的衣服？

你需要的到底是一大群酒肉朋友，专门挑昂贵的消费场所去狂欢、痛饮，还是几个能谈心的好朋友，周末聚在家里，做几道大家喜欢的菜，喝一点儿红酒呢？

你真的想要那个标价上万的包包吗？还是你上大学时淘来的一个特价包，虽然背了好几年，但仍然是你出门时的首选？

你在超市里大买零食，之后再买减肥药，这样的做法真的让你感到愉快吗？你觉得买零食很罪恶，吃减肥药你又很痛苦。花钱买回罪恶和痛苦的滋味，你还愿意一次次地重复吗？

为了健康，你办了健身年卡、美容年卡，一年下来到底去了几次？而每天熬夜、昼夜颠倒、睡懒觉的习惯是否真的带给了你美丽和健康？

你的手机、相机、电脑换了又换，你喜欢的到底是它们的外表，还是在使用时别人投来的羡慕眼光？这些高科技产品换汤不换药地"升级"，却让你的钱包不断"减重"，这样做是否值得？

愤怒和疲劳的时候，你跑到商场里去刷卡，疯狂地买东西，买到的有多少是对自己有用的东西？也许有那么一刻你享受了发泄的快感，但卡上的数字难道不是你辛辛苦苦地工作换回来的？

总之，你赚来的钱是否买到了你渴望的高品位、高品质？还是在盲目的追求中迷失了真正的自己？

当你有一份薪水可以自由支配时，你是否因为这样的自由而失去了自律的本能？有限的金钱在我们的手中，指引我们消费的到底是我们自己的真实需要，还是商家的诱惑、别人的影响？

想清楚这些问题之后再去考虑如何好好利用每个月的收入，去为自己建设幸福吧。

单身生活的简单理财法

1. "无用之物"的黑名单

Teresa的收入很不稳定，她的销售业绩时好时坏，这也导致了她养成不良的购物习惯。业绩好时，她马上找几个朋友去吃大餐，约了闺蜜去商场买新衣服、化妆品；业绩不好时，她就窝在小屋里吃方便面，竖起耳朵听房东的动静，希望可以拖一拖交房租的时间。

有一次，Teresa的好朋友来她的家里玩，正赶上她清理一些过期没用的化妆品，她的好朋友以怜悯而不是羡慕的眼神看着她说："哎呀，你一定很心疼吧，我也觉得好心疼，多可惜！"

Teresa的心里被触动了一下，是的，丢掉那些明明没用过却已经过期的化妆品，她非常心疼，但她却习惯用满不在乎的态度去掩饰，不愿意承认自己其实后悔得要命。身边的同事也是这么过日子的，甚至互相攀比着买东西，看谁买得更贵、更好，至于是不是有用、是不是用了，没有人关心。

朋友走后，Teresa对自己的房间进行了大扫除，她找到了很多落满灰尘的东西：两个旧手机，一个刚用了3天就换掉的MP4，一堆电视剧碟片，几十个买化妆品时赠送的化妆包……更不用说她的衣柜了，还有大批连价签都没拆的新衣服、手包、鞋子，当时只顾一时高兴买下来，却从来没用过。

这些东西该怎么办呢？白白扔掉太可惜，不扔掉的话，明明自己用不上，而且放在那里不时地提醒着她：买的时候都花了不少钱哟——你这个败家女！

Teresa唯一能做的是把这一刻心疼的感觉保留得时间长一些，争取坚持到下一次购物，稍微抑制一下自己买东西的疯狂热情。

你囤积了多少"无用之物"？你是否愿意把它们写下来列成一份清单，然后每天都想个办法来处理呢？

你可以送给家人、亲戚、朋友，可以放在网上转让，可以以物换物，搞点儿同城交易，可以跟卖废品的人讨价还价，也可以送给身边的保洁阿姨。

可以确定的是，无论怎么做你都为"无用之物"付出了代价，先是浪费了钱，接着是浪费了你的时间和心思。

下次哭诉"我赚得少""钱不值钱""我也不知道钱是怎么花掉的"之前，请先想想那张"无用之物"的黑名单吧，你是愿意花钱去让它变长，还是愿意花点心儿思让它变短呢？

2.小便宜大陷阱

Diana是位"信用卡达人"，打开钱包，可以看到厚厚的一沓信用卡，而且她有充分的理由来解释：某银行的利息优惠，某银行可以积分送手机，某银行刷到多少金额送出国游，某银行的卡虽然没什么优惠，但是办卡可以得到个可爱的绒毛玩具呀……吃饭时用信用卡结账能打折，到一些指定的商家买东西能打折上折，还有不少暂时买不起的奢侈品能分期付款，哎呀，这不是一沓信用卡，这就是幸福的通行证啊。

忽视了信用卡的年费、欠款加息的威力，只看到信用卡表面给你的甜头，代价就是每个月都要付出大量银子去维持现金流，让你的劳动报酬通通进入商家的口袋，让你成为一个地道的"卡奴"。超前消费能暂时满足你的虚荣心，但你已经透支了自己未来的收入。

Fiona是妈妈眼中的好孩子，继承了妈妈"专买便宜货"的好习惯，她去商场只淘花车里的特价品，挑晚上的特价时段去超市，甚至去批发市场，她还专门去人多的地方找物美价廉的便宜货——花钱少，买的东西又多又好，那不就等于赚到了？Fiona连装修时都不忘这个原则，找尾货、找特价、找促销，永远不会错。

事实上，她积攒下来的没用的东西比谁都多，大卖场里10块钱的T恤有好多件，大多数都不能穿，商场里的特价品抢到手后才发现有瑕疵，穿上身总觉得怪怪的，而且人家不给你退货。超市里的特价食品真便宜，一口气买了两大袋，塞在冰箱里还没吃几天就坏掉了——因为本来就快过期了。

Fiona虽然渐渐地把"便宜没好货，好货不便宜"挂在嘴上，但还是身不由己地去挑选便宜的东西。

类似的例子在我们身边随处可见，比如商场里的"买100赠

100""买够2000，送车载小冰箱""店庆优惠一律八折"……各种促销活动炫花了我们的眼睛。当你在绞尽脑汁计算着怎么再买80块的东西就可以凑够1500块，得到500块的代金券，再去买你想要的某个东西时，几乎可以确定，那80块一定是用在"无用之物"上的。这种返券的游戏最能刺激消费者买一大堆自己并不需要的商品，因为它们已经转移了我们的注意力，让我们不自觉地关注"数字游戏"，而忽视了自己真正的需求。

每个人都愿意少花钱多办事，少花钱买到超值的东西，也不可否认，在物质丰富的今天，我们可以通过很多渠道买到物美价廉的好东西，让我们享受到超值购物的成就感。但是，在你毫无顾忌地多占小便宜的同时，是不是也掉进了商家的"大陷阱"了呢？

等你花了很多"为省钱而花的钱"，等你真的从"便宜货"学校毕业了，当然这会培养出你目光精准、专花小钱买好货的生活习惯，也确实会为你以后的生活节省很多成本，但是你真的要考虑一下这笔学费其实也不便宜呀。

3.存小钱，办大事

看过前两部分之后更让人烦恼了：冲动购物不对，办信用卡不对，连买便宜东西都不对了，要怎样过才好啊？

在这个充满消费诱惑的时代，只有一件事是对的，那就是按期适量地储蓄。

是的，正因为花钱太容易了，所以存钱才变得有必要，因为太容易花出去的钱让我们多买了很多根本不需要的东西，而回过头看我们真正的需要，却因为把钱胡乱花掉了而无法去满足。

一年到头，两手空空的你是否在羡慕别人的长假出国游？算算去趟泰国的花费，不过几千块而已，不算你淘汰掉的手机和笔记本电脑，买了不穿的衣服、鞋子也超过了这个价钱。

同事靠着业余进修的学历升职了，你说："当时他去报这个班还是我推荐的，为什么我没去？唉，那段时间总有朋友请客吃饭，来来回回花费多了点儿。"

一样的工资，别人居然买了房，实在让你震惊。你一边嫉妒，一边在心里嘀咕："那么节省，活着还有什么意思啊！"看过了人家的新房子，你又开始悲观地问自己："我这么活着有意思吗？"

单身者应该警惕：不断溜走的"小钱"正在耽误我们的"大事"！胡乱花费不知开源节流的坏习惯会一点点地毁掉我们心中原本的目标：我们想要孝敬父母，我们想要通过进修提升自己，我们想要靠自己的能力买房买车，我们也想享受生活，去旅行看风景。

而这些本来能实现的目标不能得到实现，每个月的工资换回来的只是一堆堆连自己都不知道该如何处理的东西。其中损失掉的钱如果能积攒起来的话，是不是就能把你心中的"大事"——变为"现实"呢？

每个月都存点儿小钱吧，哪怕只有几百块，到了年底也变成为一个可观的数目，可以为你办成一两件平时想办却办不成的事。

存钱的方式有很多，可以每个月硬性地存钱，只花工资的1/3，1/3直接转账为零存整取，也可以当月做好预算，等月底剩了钱再存起来，可以专门针对一个项目存钱，比如季度奖金一定不乱花掉，要存起来做某件事，也可以把1个月平均分成4周，分配到每周的钱如果有剩余就存起来。

注意：根据自己的实际情况来存钱，不要把存钱变成过大的压力，也不要为了存钱而牺牲掉一些真正的享受。比如说，上千元的饭局可以省，但每周去买有机蔬菜的钱就不要省了；再比如，出去唱歌、喝酒、玩通宵可以省，但是家里要换一张舒服的沙发就不要省了。

当存钱变成你的一种生活习惯时，你会觉得即使自己的薪水不高，也仍然过得很从容，该买什么、不该买什么都被安排得井井有条。一年下来，可以省下一笔钱做长期的储蓄或者投资，或者可以实现自己的一些生活目标，让人生更有意思。

4.记账其实很好玩

"我很讨厌记账！那简直就是在宣布我的'罪行'。"一个单身朋友这样说。

也有人这样说："记账啊，只有几天的新鲜劲儿，过一阵子连账本在哪里都找不到了。"

"我害怕生活变成流水账，我不想这么早就做管家婆。"

"我在公司做数据、做表格，回到家我还要做数据、做表格？除非我疯了！"

……

几乎所有健康的食物都不是口味刺激、充满吸引力的。同样，账本作为对你真正有用的东西，也带着枯燥乏味的气息。因为你从来没有把账本看成自己的好朋友，看成一个真心愿意帮助你、给你带来幸福的"人"。

记账并不是为了记录下我们在消费上的过失，让我们羞愧和自责，记账只是为了让我们牢记自己心中的目标，让我们的收入和支出更合理。

你可以专门记下三栏：

一栏是生活必要的支出：车费、电话费、伙食费、生活用品费。

一栏是你买完决定不会再买的东西：图便宜买回来的衣服和包、买回来的残次品、一个只用了三回的小电器、又贵又难吃的食品。

一栏要格外突出，那就是你用在幸福上的花费：你最常穿也最喜欢的衣服和鞋子，睡在里面会做好梦的漂亮床品，一个可以重温童年记忆的陀螺、小火车，买了面粉、肉馅，自己包出来的美味的包子……

可以看一下：我们为生活花了多少钱？我们为不必要的东西花了多少钱？我们又为幸福花了多少钱？

这会让你在每次购物前都提醒一下自己：买了什么东西，得到什么享受，我们才是幸福的？是否会跟上一次一样，只是为了满足自己购买、占有的欲望，而忽视了商品本身的价值和用途？

记账绝不是什么落后和枯燥的事情。相反，记账会快速地让你的生活变得有条理、有效率——除非你不想那么做。

5.关注投资的时机

大多数人看到这里都会惊讶，接着自嘲地笑一声："我哪儿配投资啊，那不是有钱人的事吗？"

错了。现代社会中的金融产品有很多，连定期储蓄你都能得到利息，为什么就不考虑一下投资的事情呢？

在房地产市场火热的当下，大家都听了很多故事，比如某人把自己的房子抵押了，付两套房子的首付，月供虽然多一点儿，但房价一涨上去，身家就升了好几倍。

很多人会说几年前如果我买了房就会如何如何，这样的话不用再说了，因为时机已经错过了。羡慕投资房地产而获利的人，你们并没有冒这个风险，也没有付出这样的努力，因此也就错过了投资的时机。

同样，基金也曾有过行情大好的时候，但大多数人还是不知道什么叫"基金"。

大家胡乱买保险，靠着保险推销员的说辞，有的完全就是碍于情面就买了，其实那不适合自己，但每个月都要付钱。

其实，只要每个月有固定收入，花费下来有余额的人都可以考虑投资的问题。哪怕是细水长流地储蓄一些钱，那么很可能等到三年、五年之后你就会有意外收获。

大把的业余时间过去也就过去了，不如自己琢磨琢磨怎么做个理财计划，看看每年你花多少又能剩多少，哪些是该花的，哪些是不该花的。剩下的一些小额资金可以拿来买买股票、基金，或者看准时机买房、换房，或者把现在住的房子装修一下，这也是投资，会让你的房产增值。

富人在变富的过程中抓住了很多机会，冒了很大的风险。同时，很多超级富翁都节俭成性，那并不是吝啬，而是因为他们看重"金钱的小溪流"，把小溪汇聚成了大海。

我们普通人也一样要看重自己的薪水，虽然收入不算高，但是合理地安排、有效率地消费会让我们确保生活的舒适和安全。

1. 在家里放个存钱罐，用平时不想扔掉的漂亮包装盒就可以。你可以一个月扔100元，或者一周扔10块，注意中间不要打开，等到年底，"月光族"的你会品尝到储蓄的甜头。无论是大吃一顿还是买点儿小东西犒劳自己，这都像是你意外收获的喜悦。

2. 多打听理财的小窍门，不要看不起隔壁的老阿姨，她肯定比你更了解哪里的菜既新鲜又便宜，也许她本人就是个股市的老行家，请教请教她会有收获。

3. 买消耗快的东西不如买保值的东西，除非太有必要了，买车的钱不如拿去买房做投资。

4. 上一些专业培训课，拿到一个在职文凭，这也是职场上的有效投资，会帮助你升职。

让心灵得到成长，学会做个成年人

你还是那个不愿意长大的小孩子吗？

独立，对自己的人生负责；自爱，
爱与安全感来自你的内心。

1. 自爱，寻找幸福的原动力
2. 让挫折做我们的老师
3. 拥抱成长后的自己
4. 去恋爱，而不是自恋
5. 做父母的「父母」
6. 「益友」还是「损友」
7. 消极不会使你更特别

1_自爱，寻找幸福的原动力

如果说自得其乐是自己找到幸福的小窍门，那么自爱就是寻找内心幸福的原动力。

我们爱自己，所以我们愿意为自己付出持之以恒的努力。

我们爱自己，所以我们愿意去发现问题、解决问题，而不是坐在原地哭泣。

我们爱自己，所以我们会确立属于自己的各种原则，让我们走得更稳健踏实。

我们爱自己，所以我们相信自己，也会鼓励自己去战胜那些困惑、痛苦，而不是沉溺于其中。

爱，首先是成为我自己，而不是别的什么人，别人的孩子、别人的伴侣、别人的妈妈、别人的上级或下属，某某律师、会计、医生、老师——在拥有这些身份之前，我们是自己，是一个我们从心底喜爱的人。

对，这就是一个问题：你喜欢自己吗？你爱自己吗？你是在心里不断赞美、激励自己，还是给自己画了很多黑叉，每天都在否定自己？

你爱自己，愿意为自己承担起生活的责任吗？你对自己做了什么？你为自己献出爱心、关怀和积极的约束了吗？你是否以为放任自流就是爱自己？你是否以为自私自利就是爱自己？你是否以为懒散、邋遢就是爱自己？

承认这个事实吧：在这个世界上，如果一定要找什么来依靠的话，那么自己就是最值得依靠的。

Amanda和Betty是中学同学，她们曾经是一对知心好友。因为都是父母离异后跟爸爸生活的女孩子，她们每天都能找到共同的话题："妈妈为什么不要我""爸爸会不会再找新妈妈""爷爷家的人对我不好""奶奶是个重男轻女的人""我们将来怎么办"……

讨论的结果经常是两个人抱着哭起来，觉得人生真是黑暗，找不到出路。

她们遇到了一个很负责的老师，专门约这两位同学一起聊天，说了很多诚恳、温暖的话，并鼓励她们说："这些挫折只是暂时的，等上了大学，自己独立生活后就会好起来了。"

老师的一句话让Betty抬起了头：如果你不靠自己，那你还能靠谁呢？

这句话一下子提醒了她，此前她一直在担心父亲、母亲、爷爷、奶奶等家人是否爱她，但这句话告诉她：原来人最终还是要靠自己的。

Betty开始把更多注意力投入到功课上，成绩有了改善。Amanda一直很优秀，属于不费力气就可以名列前茅的人，无论考试，还是弹琴、跳舞，她都做得很不错。但是，她的性格一直敏感多变，情绪非常不稳定。

Betty从陪她哭泣的伙伴变成她的安慰者、鼓励者。Betty经常对她说："你看你多好呀，学习也好，做什么都很好，比我强很多。"

Betty同时也在鼓励自己："只要我好好努力，我可以靠自己离开爷爷奶奶的家，爸爸想找新妈妈就找吧，反正我会有自己的家。"

而Amanda仍然停留在"父母都不爱我，我该怎么办"这个问题上，还是一遇到事情就烦恼、痛苦、焦虑不安，不管是跟父亲要零用钱，还是爷爷说她太懒不早起，都会让她觉得天塌了下来，怎么也熬不过去了。

思路的分歧让她们之间有了隔阂，Amanda发现Betty已经不能像从前那样陪自己一起痛苦了，她又找了一个朋友，是班级里的"问题女生"，跟她一起逃课、抽烟、谈恋爱，用这些行为来对抗自己的亲人，她觉得除了学习之外，他们根本不关心她。

高考结果出来了，Betty发挥得很出色，考上了一所不错的大学，Amanda的成绩也还好，但比起曾经的期望却差了很多，她考入的学校比Betty的学校略差一些，这又成为她新的痛苦。

之后，她们的人生之路就完全不同了，Betty仍然努力学习，进修日语作为第二外语，四处找兼职来补贴自己的生活费用，大三时她在兼职公司里表现得很好，她所在的公司的主管亲口答应她等毕业后就录用她。

Amanda仍然很容易就能取得一些小成就，然后又很轻易地放弃，遇到挫折她还是会哭诉："父母都不爱我，爷爷奶奶对我不好。"

临近毕业时，Betty遭受了打击，先是跟大学里的男朋友分手，接着那家企业的主管辞职走了，她需要重新找工作。

Betty这时很想找人倾诉，Amanda接到她的电话时先是告诉了她自己考上研究生的好消息，接着又开始叹气说这个专业不好，她是被调剂过去的，自己的分数本来够了，但是没有走关系，说着说着又开始抱怨自己命苦。

Betty放下了电话，又一次想起中学老师的话：不靠自己，还能靠谁呢？

经过一番辛苦的打拼，Betty进了一家做外贸业务的小公司。一年之后，有一天她接到一个电话，是以前很欣赏她的那位主管打来的，他跳槽进入一家日企后发展得不错，部门正在招人。Betty抓住了这个机会，入职后她的职业前景越来越好。

Amanda拖延了很久才完成自己的硕士论文，找工作时费了不少周折，签到一所中专学校做老师。第一学期她因为患上了轻度抑郁症没有上课，只是负责一些简单的教务，这期间她跟一位学校领导有了暧昧关系。

在毕业多年后的中学同学聚会上，Betty是其中很耀眼的一个，她在知名企业做总监，结婚后家庭幸福。而当年聪明、漂亮的Amanda却坐在角落里郁郁寡欢，喝了几杯之后她开始号啕大哭，觉得人生真是糟糕透了，她一直就没有人爱，没有人关心……

Betty开车送她回家，听着她的那些醉话，好像又回到了中学时代。她知道，好朋友从来就没有长大过，还是那个父母离异后不知所措的小孩子，还在那里等着别人来救她、来爱她、来陪伴她。

Betty很庆幸自己在成长期看到了人生的真相，那就是：依靠自己，特别是在感到没有依靠的时候。

依靠自己，所以不断努力，抓住每个机会；依靠自己，所以用理性去思考、判断，让自己越来越好，而自己也由衷地为这些变化而感到高兴。遇到困难时，自己给自己打气，绝对不要迷失方向。

依靠自己，自己又值得依靠，那就是世界上最大的安全感。自己不会抛弃自己，自己会关爱自己，自己了解自己，自己也会为自己创造出更多的美好。

我们常常以为"依赖"是对别人做的事，而很多人常常认为"依赖"等于"爱"。经常可以看见一些女人为了男人迷惘、痛苦，她们可以举出种种事例来证明对方有多么差劲。这时，每个人都会问：那你为什么不离开他呢？

答案被揭晓：我依赖他，我依赖这段感情关系，为了可以继续依赖，我宁愿忍受痛苦，因为如果不依赖他，不依赖这段关系，我就不知道该怎么办了。

这个答案通常还会有一个个漂亮的包装："爱情至上""我太重感情了""我就是心软""我太傻，太爱他了，即使受伤我也不肯放弃"……

这种貌似很漂亮其实很无知的话，随便翻翻爱情小说、看看连续剧、听听流行歌曲都可找到一大堆。

一个自爱的人会更深刻地理解"独立"的含义。并不是成年了找份工作领工资就叫独立，除了经济上的独立以外，还要有精神上的独立，或大或小，或丰富或单调，但要有属于自己的心灵花园，而不是把全部情感都寄托在别人身上，去做一个寄生者、依赖者、长期的"受害者"。

有人会辩驳：依赖一个有能力的人有什么不好？自己省了力，一切都由别人帮我做好，这多幸福啊，这还不叫爱自己吗？我就是喜欢别人照顾我、宠我、关注我，我就是这么长大的，在家靠父母，结婚我就靠另一半，永远做个被照顾得无微不至的小孩子，这就是我最大的幸福。依靠自己？那是他们运气不好，父母和伴侣都没能力，这样的人心里都很黑暗，他们是不会懂得幸福是什么的。

确实，社会上有很多这样的人，家境优越，学习、工作、婚姻都比别人来得顺利，如果在婚姻中也遇到跟父母同一类型的人，他们的顺利就会继续下去。这样的人外表光鲜，衣着打扮很入时，保养得很不错，事事称心如意，如果性格也不错的话就会非常受欢迎。有不少人羡慕他们，感叹阳光的人是阳光的环境造就的。而什么都靠自己的人就很沧桑，即使得到了什么也很辛酸。

这是另一种价值观：幸福，就是没有痛苦。一切顺心如意，那就是幸福。依靠别人不劳而获，或少劳多获，那就是幸福。

这样的价值观其实随处可见，我们的民间传说中就有不少，比如突然得到一样法宝就发家致富了，比如田螺姑娘、白娘子、七仙女，有这些神仙来奉献一切，解决一切问题，人生就幸福了。

这种"幸福"的本质是对环境、对他人的要求，非常适合依赖者。但问题是，他们一辈子都不会知道独立的真正意义，都不会明白经历过挫折、痛苦之后得到的幸福感受，跟他们的幸福相比，一个是溪流，一个是海洋。

依赖者的内心通常极度脆弱，因为被过度保护，他们已经失去了承受挫折的能力。可问题是，不愿意忍受暂时痛苦的人往往承受的是更大的痛苦。

很多人都不愿意接受这一点，他们总是觉得绕开痛苦才是爱自己，才是保护自己呀！

于是，他们宁愿放任自己的懒惰，每天忍受房间的脏乱。只为了逃避收拾房间的小小辛苦，就要日复一日地待在一个混乱、肮脏的环境中，不做任何改变。

同样，他们宁愿省吃俭用消耗积蓄，却不愿投递简历寻找新的工作。只为了逃避面试，逃避面试之后可能不被录用的打击，就要忍受贫穷、焦虑、自责的痛苦。

比如，明明知道是一份无果的感情，却不肯结束，为了逃避分手的痛苦，就要忍受长期失望、矛盾、自我折磨的痛苦，如果拖到不情愿地结了婚，又要忍受"什么时候离婚""我好害怕离婚""我的一生都完了"的痛苦。

其实，去面对短暂的痛苦，去付出努力解决问题，幸福的感觉往往会随之而来。

花两个小时认认真真地整理物品、衣服、床铺，花一笔钱去购置自己真正喜欢的家具，那么你就可以享受整洁的房间给你带来的美好感受。

振作精神，带上简历去面试，失败了再换一家，最后找到一份自己喜欢的工作，每个月都有固定的收入，再也不用担心交不起房租，也不害怕家人的询问。你可以享受到工作给你的安全感，给你的各种新任务，开创你的职业发展的未来。你的人生不再是一片混沌，只靠每天三包方便面打发时间。

离开不适合你的人，接受分手的事实，不再允许一段感情继续伤害自己、消耗自己，你开始感觉到生活并没那么绝望，生活中除了糟糕的感情经历之外，还有很多值得你去珍惜的美好事物，比如愉快的旅行、朋友的聚会、你早就该换的造型，以及你对某个异性露出笑容说："你好！"

……

幸福是发自内心的感受，幸福时刻都与自我有关。

幸福除了甜蜜、轻松、愉快以外，还意味着坚强、承担、勇于尝试，历经痛苦和挫折之后，就会得到自己真正想要的东西。

幸福要求你对现实有清醒的认识，要求你了解自己、珍惜自己，热爱自己的生命，愿意为了美好的事物付出努力。

有些幸福是与生俱来的，而更多的幸福需要我们去脚踏实地、一点一滴地去寻找、去建设、去创造。

这一切都有一个共同的前提，也有一个共同的原因，那就是自爱。

只有对自己发自内心地关爱，才能真正了解自己的过去、现在、未来；只有懂得了如何爱自己，才会在理性和感性之间找到平衡，明白"独立"的含义；只有每天都保持着爱自己的心情，才会更好地处理各种琐事，通过各种考验，战胜各种挫折，最终得到内心的充实、平和。

很多人觉得幸福太抽象了，很多人对幸福的要求太高，很多人在迷惘什么是幸福，怎样才能得到幸福。其实，即使是在灰暗的环境下、在逆境中，你也保持着对自己的爱，保持着勇气和信心，每天都在一点点地努力，这本身就是一种幸福。

1.不要把自己的坏情绪都给别人，学会承担和包容自己消沉的一面。

2.鼓励自己，不要说"你是最棒的"，而是要说"你现在就很好，我很爱你"。

3.坚定信念，每天睡觉前都可以重复："我一定会幸福的，我现在就很幸福。"

4.痛苦时可以哭泣，但不能倒在地上打滚，更不能缠着自己的亲友，强迫别人承担你的痛苦。

5.发生冲突不是坏事，我们经常会在发生冲突和矛盾之后发现解决问题的方法。

6.爱是关怀，爱是鼓励，爱是欣赏，爱是信任，爱是宽容——爱自己，你做到了吗?

2_让挫折做我们的老师

读书时，我们都曾有过类似的纠结："老师会不会不喜欢我？"这种心态产生了两种后果：老师喜欢我，我会努力表现，做班干部、乖小孩；老师不喜欢我，我就变得越来越不起眼儿，或者变成"问题学生"，自暴自弃。

老师作为教育的引导者、实现者，其影响力是非常重要的，以至于很多人在结束学业、进入社会之后经常产生这样的念头："如果现在我还有老师该多好！"

为什么呢？因为老师总是教导我们做对的事情，因为老师会敦促我们付出应该付出的努力，而不是在懒散中浑浑噩噩地度日。有很多人会有这样的遗憾："当时如果听老师的话就好了，我就可以进入更好的大学，有更好的前途，生活就不是现在这个样子了。"

在网络上一个"假设时光倒流"的帖子中，有一半以上的人都在悔恨自己当年没有努力学习。当时以为老师的教诲只不过是应试教育的一部分，生硬、乏味，但回头看时觉得现在最需要的就是这样的指导：去做对的事情，去提升自己。

不被老师喜欢的人也会有对老师的"怀念"："都是某某老师的问题，他给我蒙上了心理阴影，我现在还不自信，不愿意当众说话，都是他的错，他毁了我的一生！"

从小学到大学，我们经历过很多老师——严厉的、和蔼的、幽默的、外冷内热的，也有粗暴的、冷漠的、苛刻的、缺乏责任心的。当我们还是孩子的时候，老师是我们生活中很重要的一部分，他让我们学会遵守课堂纪律，适应了举手提问和回答问题，适应了写卷子、交卷子，等老师给了分数后，再去讲评卷子。而这一切到了大学就突然改变了，我们得到了难能可贵的自由，老师不再是生活中特别重要的人了，工作后就不会再有"老师"这个角色来参与我们的生活了。

没有老师之后，我们应该怎么办？我们不能把生活中诸多复杂难解的问题做成习题册子，后面还附着标准答案，我们习惯性地举手，却不会再有人为我们答疑解惑。

有人开始下意识地寻找身边的老师，不，应该说是在身边的人身上投射关于老师的想象。

"他比我成熟，所以我什么都听他的。"——以"崇拜""模仿"的心态去交友、恋爱。这时的朋友和恋人身上有一种光环，让你觉得他非常完美，而映衬之下自己更加渺小、卑微，结果就是你非常容易受影响、被控制，急于得到认可，一切课堂上不会再做的事通通都回来了。

找到老师，找到依赖，找到一个人，随时倾听自己的感受，随时把自己的问题拿出来听从指导——好让我们永远做对的事情，让我们永远不孤单，这是很多人的想法，也是可怕的想法。

因为这样的做法是在完全地湮没自我，依附于别人的生命而存在，依附于一个自己认为比自己更完美、更强大的生命，没有了自我意识，遇到任何问题都希望先去听"老师"怎么说。

Ada刚工作时觉得自己的师姐真是样样都好，穿衣打扮、为人处世都比自己强得多，那时她完全做了师姐的小尾巴，穿什么衣服希望她推荐，遇到了问题希望她给解决，烦恼了希望她能听自己倾诉。

"哎呀，你说那时我多傻，我老公说我是一个小傻瓜，一点儿都没说错。他说我完全就是崇拜，没见过世面。他说都用不了几年，你肯定比她强——可不是吗？现在我回头去看，她真的没什么了不起的，还不如我呢！"

Ada沾沾自喜，以为自己真正成熟了。事实上，她的模式根本没有改变，她只是从对师姐的崇拜转为了对丈夫的崇拜而已。在师姐出现之前，她满口是"我妈说"，之后是"师姐说"，再然后是"我老公说"。

这样的人始终没有找到真正的自我，他们喜欢赶紧找到"老师"，找到模仿对象，找到一个风险分担者，却从来不敢真正面对生活中的种种问题，做出属于自己的决定。

寻找"老师"并不是什么错误的想法，寻找"模仿对象"也是一条能很快看到效果的途径，但最好的方法是：让生活做我们的老师。

让"问题"教会我们"观察"和"思考"，让"选择"教会我们"分析"和"权衡利弊"，让"痛苦"教会我们"忍耐""坚持""突破"，让"决定"教会我们"对自己负责""对别人负责""承担风险"。

其中，有一位老师是最严厉的，也是最优秀的，它的名字就叫"挫折"。

我们被挫折教育得害怕风险，害怕失败，害怕做错。我们生怕选错了工作，爱错了人，我们为了追求对的、正确的、成功的，真是不惜一切代价。

正因为如此，很多人把不幸福等同于失败。做一个失败者多痛苦啊，不可能得到幸福了；遭遇挫折多倒霉啊，强颜欢笑也太为难自己了，失败就是绝望，就是黑暗，就是掉进了泥潭再也站不起来了……

这确实是"挫折老师"严厉的一面。因为它太严厉，所以常常被人忽视了积极的一面。

无数巨大的成功是在克服了此前很多挫折之后获得的。白头偕老的婚姻是夫妻俩同舟共济、不离不弃造就的；体育运动中高难度的人体动作是那样的优美、洒脱，是摔倒、站起来、摔倒、再站起来，一次次练习出来的；一些新的发明、重大发现往往是在挫折中灵机一动得来的。

挫折会让我们变得更坚忍，让我们学会坚持不懈。挫折也会让我们更聪明，让我们在无路可走时自己另外开辟出一条路来。

Adam始终记得自己大学时代的失恋经历。自己深爱的女朋友选择了别人，而且满不在乎地请了很多同学吃饭。Adam在饭桌上痛苦不堪，回到宿舍后不能入睡，一会儿想要报复，一会儿想要自残，甚至自杀。这样的情绪困扰了他整整一个学期，他一直纠结于"我有什么不好，我一直都是一个很优秀的人，为什么会被抛弃呢"？

是的，Adam从小学到大学都非常顺利，在老师和同学中也很受欢迎，应该说失恋是他人生的第一次重大打击。他在暑假里参加了一个自由骑行的活动，跟几个年轻人一起骑着自行车跨省旅游。在路上他们遇到了大雨，晚上迷了路，没有旅店可以借宿，他们饿着肚子走到天亮才找到人家。他们还遇到过想打劫他们的人，当然也遇到了不少好心的路人。

"开始时我们本来是六个人，到达终点的那一刻只剩两个了。那时的心情是无法形容的，我觉得以后再也没有什么困难能难倒我了。"

Adam回到校园里，坦然、轻松地面对了前女友和她的男朋友，他忽然发现，这件事对他的影响其实没有那么大，更不必为此去否定自己。说白了，这只是一次年轻人之间的恋爱而已，她可以选他，也可以选别人，这是她的自由、她的权利。

那次自行车旅行对Adam的帮助很大，他毕业后创业开了一家小公司，几年后利润可观，也有了十几名员工。他曾经被骗过，欠过债，好长时间都游荡在破产的边缘，但他还是坚持了下来。因为Adam知道，不管前面是什么，一直骑下去，总会到达终点。

同样，Amber也是"挫折老师"的优秀学生。在销售这个行业中，容貌漂亮、能说会道显得很重要。Amber在很长时间内都感到自卑，觉得自己的外表太平常，性格又很内向，根本无法跟别人竞争，她也习惯了一次次在面试中被淘汰，学会了在这样的情形下保持镇定，面带笑容地跟面试的人说"谢谢""再见"。

很意外，一家不错的公司录用了她，Amber不敢怠慢，在试用期就开始发力，每天电话打得最多，嗓子都说哑了。不久，她发现了一个问题，那就是别的销售小姐很会跑关系，很讨人喜欢，但并不受客户尊重。

Amber明白这些方面是自己的弱项，她开始拜访客户，不怕吃闭门羹，耐心地听客户讲话，包括他们生活上的烦恼，定期给客户打电话问候。"做了朋友之后，我不用求他们签单，如果他们有需要，一定会先找我的。"Amber在培训会上再三强调了自己的经验。

不跟别人比拼外形、口才，Amber一样可以靠自己的耐心、细致、稳重胜出。而且，她在陪客户聊天的同时也等于做了很多行业用户的市场调查，也搜集到不少关于竞争对手的信息。在公司征集产品改进的方案时，谁也没想到Amber提交了一份非常详细的报告，这份报告让上级对她刮目相看。

为什么害怕挫折？永远万事如意的人生才是可怕的，很难想象生活在真空中的人该如何面对真实的外部世界。而那种被保护成"瓷娃娃"、号称"我只是有点儿完美主义"的人，脆弱得不堪一击，面对挫折根本没有一点儿承受力。

"瓷娃娃"在工作上常常手足无措，拿无知当天真："哎呀，这个我不会，你来帮我做吧。在学校里没学过，我不是学这个专业的……哦，这份工作是我爸爸给我找的，要不我回家问问爸爸吧。"

　　他们不愿意自学，更不愿意自己去思考解决问题的方法，他们认为如果遇到了困难，那一定是工作本身不够好，要么就是周围的人不够好，或者自己的家庭不够好。

　　"瓷娃娃"在人际关系上是混乱的、极端的，他们时而自卑，时而傲慢。"某某人为什么对我说话是那种口气，好可怕！我这个人太单纯了，不能识破他们的心机。社会真是大染缸，我是清者自清。"

　　他们毫无衡量事物好坏的标准，一切全凭情绪做主，可以跟人掏心掏肺，也可能会翻脸不认人，他们的世界里其实只有他们自己，根本不知道平等、友好地对待别人。

　　完美主义者在情感上是矛盾、纠结的。他们狂热地追求感情世界的完美，这个完美的标准是由他们自己来定的，甚至一针一线也要按照他们的期望去进行，不然他们就会失望、痛苦。

　　他们专注于对细节的苛求，往往忽略原则所在。所以我们经常看见有些女人忍受花心男人，原因只是因为"他会暖我的手""他买零食给我吃""我怕再也找不到对我这么好的人"……为了一点儿小情调就可以放弃忠诚、信任这样的大原则，这样是无法得到幸福的，因为很少有人真的甘于做别人的第N者。

　　所谓"完美主义"本身就是一个禁不起推敲的谎言，也是自恋者的最佳借口。事实上，认识到生活的不完美、人性的不完美，理性地做出自己的判断，克服种种挫折，让两性关系达到平衡，才是真正的幸福之路。

不要害怕"挫折老师"那张严肃的脸，很多时候，对你严格的老师和上司才是真正教你学到东西的人。

　　如果一个人只在挫折中感受到伤害、痛苦，唯一愿意做的是憎恨、牢骚、哭泣，那么他们就永远不会知道努力之后走出低谷的滋味，那时的幸福感会来得更强烈，更丰富，更让人感触深刻。

　　我们在生活中不断学习、不断成长，我们靠着自己的努力会让自己的生活越来越有趣，越来越舒适、安定，我们会得到更多的享受，对人生有更多了解。终有一天我们发现，最好的老师就是生活本身，它不断地提问题，不断地催促我们找答案，又不断地给我们一些奖励、小惩罚，来让我们反思其中的道理。

　　很多人抱怨着生活的平庸、琐碎，匆忙、粗糙地过了一辈子，也有人会心怀感激，每天微笑着面对生活，最后生活也露出了难得的笑脸，温柔地对我们说："幸福是件简单的事，其实幸福一直就在你的心里。"

1.已经完成学校里的学习，社会上的学习可千万不能大意，认真踏实的学习态度才会帮你找到好老师。

2.养成写工作日记的习惯，这样的总结和分析会让你渐渐理清工作的思路。

3.你应该学会应用之前得到的经验和教训，而不是停留在纸上变成一堆空话。经历挫折不是为了让你灰心、消沉，而是为了让你更加懂得完善和提升自己。

4.追求"最好"之前，先做到"很好"和"更好"。哦，先"去做"最重要。

周围的朋友、同事、上级、客户都有自己的闪光点，这不是为了让你羡慕和嫉妒的，而是让你可以从中学习、积累经验，寻找到适合自己的路线。

3_拥抱成长后的自己

网络上最能引起共鸣的话大多是这样的："我们还是孩子""我不想长大""青春多么短暂""我孤独、痛苦、迷惘"……只要稍微加上一些华丽的佐料，这样的话就会变成年轻人中流行的经典句子。这是为什么呢？

简单地说，学校教育和家庭教育从来就没有教会我们如何做一个成年人。

在学校，我们要做好学生；在家里，我们要做乖小孩。学校教育和家庭教育带来的压抑、困惑到了我们成年时会一并发作，导致已经成年的我们不敢也不知道该如何用成年人的思维去面对外在的世界，去解决生活、情感中的问题。

大学生荒废学业，在游戏和恋爱中虚度光阴；职场新手习惯于逃避责任，不懂得与人相处，也不愿意在团队合作中学习、进步，完成自己的任务；恋爱中的人们永远在互相指责对方的自私、懦弱、任性、娇纵，永远在抱怨对方没有给自己足够的宽容……

这些心态其实都可以在孩子的成长期中找到痕迹，但我们在孩童时期家长们拼命地教我们做"小大人"，等我们真正长大时，我们却不知道该如何去做一个真正的"大人"。

于是我们选择了"拒绝长大"，因为我们既不愿意变成跟父母一样的人，也不知道应该做什么样的人。所以，我们宁愿去做小时候没有机会去做的"坏孩子"，放任自流，自暴自弃，不敢争取，也没有信心去争取。

"我不知道我到底想要什么""我知道自己还只是个小孩""我讨厌这样的自己"……这是在与读者通信中我最常遇到的问题。"去做个成年人""接受自己长大的事实""你是个成年人，你有这个能力，也应该有这个信心"，这是我回复给朋友们最多的话。

在单身生活中，我们共同的任务是完成自己的成长过程，接受自己的成长，以一个成年人的态度去面对婚姻和以后的生活，会让以后越来越复杂的生活问题变得轻松很多。

《27岁，长大成人》，这是Carey一篇博客的题目，曾经的她是一个"拒绝长大"的典型，迷恋动漫，办公桌和住处都乱得一塌糊涂，要不是在设计方面比较有天分，她早已失去了工作。男朋友们无法忍受她的任性和坏脾气，先后离开了她。她把每个月的工资都花光，而且把信用卡的账单寄给父母，撒娇让他们还。跳槽？太累了。出国读书？还要准备考试，无聊。结婚生子？好可怕，我还是个孩子。

"人生的变化似乎只在一夜之间"，Carey详细地描写了自己的成长经历，爸爸打电话找她回家时，她还在外地逍遥自在地旅行，妈妈却突发脑出血住院了。等Carey赶回老家，才发现爸爸苍老了很多，而家里的经济状况也远没有她想象的那么优越。

"工作五年的我没有一点儿积蓄，每次回家还要父母塞钱给我，这样的没心没肺简直让我无地自容。"Carey开始请长假陪护妈妈，而爸爸也在这段时间内查出得了肿瘤，需要开刀。

Carey在这个时候爆发出了所有的潜能，她开始不断地找朋友帮忙，查询工作信息，接一些零碎的设计工作，来不及衡量条件，只要是能赚到钱的工作都可以。她还请了保姆在家做饭、料理家务，等妈妈病情稳定后把她接回家，她自己去陪护爸爸。每天凌晨4点起床，晚上工作到深夜，自己仅有的几件名牌衣服和包包也托朋友卖掉折现。本来甜言蜜语的男朋友一听说她想借钱，就变得冷淡、疏远，反而是大学里很少联系的男同学听说了她的情况后特地找到她，问她要不要先从他那里拿些钱用。

"爸爸出院的那天我长舒了一口气，搀扶着他回到了家里，看着妈妈高兴地流下了眼泪，我忽然觉得父母是那么脆弱，他们不再是我眼中可以永远依靠的人，而我才是能保护他们、照顾他们的大人。"在这一年里Carey瘦了很多，她变成了一个精明强干、做事超级有效率的女人，而且跟男同学订了婚，计划着年底买房、生孩子，连递交移民申请的想法都讨论过了。

父母的健康告急促成了Carey的成长，这代价是有效的，也是昂贵和惨痛的。Carey深深地悔恨自己毕业几年来游游荡荡，没有积累有效的工作经验，也没有积蓄，一切都是随心所欲，回到家也是让父母照顾自己，继续做他们娇纵的小女儿，却不知关心父母的身体，为他们分忧。

Carey的书架上曾放着一些青春小说，之后她通通把它们卖给废品站。对比生活本身，那些无病呻吟的文字实在是可笑得不值一提。

Alan的成长则是在经历了一次短暂的婚姻后实现的。他是由单亲妈妈带大的孩子，母亲的过度保护让Alan成了一个长不大的小男孩，他的世界非常简单，在学校听老师的话，在单位听领导的话，在家听妈妈的话。Alan的女朋友跟他算是青梅竹马，恋爱了一段时间后，虽然女朋友觉得他太幼稚，但他算是个好人，工作、经济条件也不错，加上Alan的妈妈急着抱孙子，他们就结婚了。

结婚后所有的问题都暴露了出来，Alan不会做任何家务，也不帮妻子分担任何家务，上班时在电脑前查资料、做课题，下班后在电脑前打游戏，仅有的一次朋友聚会还是被妻子拖去的，但他早早就离席了。

Alan对婚姻的理解就是两个人在一起，好好听妈妈的话就行了，等有了孩子，反正妈妈也会帮忙带的。他不能理解妻子对小家庭的坚持，也不明白丈夫应该为妻子承担哪些责任。而妻子也实在不能理解他这种像白开水一样的生活态度，更不能跟他一样时刻把他妈妈的话当成最高真理。

六个月之后他们离婚了，Alan这时才知道，原来这个世界并不是只按照他妈妈的意志运行的，而他的幼稚、懒惰已经深深地伤害了他的妻子。Alan离婚后对前妻诚恳地发誓，说自己会搬出来住，会变得勤快、外向，学会关心别人，到那时两人再复婚。

但是，前妻在离婚后火速自费留学去了，而且在国外有了男朋友。Alan又得到了一个痛苦的经验：不是他想变好就会有人站在原地等他，他是否要改变，那是他自己的事情。

无论妈妈多么强烈地反对，Alan还是搬出去住了，他要自己学着洗衣做饭，开始独立生活。他觉得唯有这样才能体验真正的人生，而不是一辈子被母爱包裹着，做妈妈的小宝贝。

成长是漫长而艰苦的任务，需要我们用一生来完成。而正视成长的事实，接受成长交给我们的各种任务，是我们走上幸福之路的开始。

很多人是在生养孩子之后得到了更多成长，因为养育一个孩子需要付出大量琐碎、细致的劳动，而孩子在成长过程中那种自然的喜悦也是对父母的回馈和启发。

孩子的快乐很简单，吃饱了他会把奶嘴吐掉，看到玩具他会咿咿呀呀地叫着去抓，他随时可能露出一个灿烂的笑容，那是生命本来就有的欢喜，这跟孩子穿着多贵的衣服、周围有多少人围着他转没有关系。

同样，当我们以一个成年人的姿态面对生活时也要注意那些生活中本真的喜悦，保留一点儿孩童般纯真的心态，发现幸福、积累幸福，让点滴的小幸福汇集成只属于我们自己的大幸福。

但有很多成年人保留的是孩童的另一面：自私、无所顾忌，稍受挫折就会大哭大闹，不懂得忍耐和反省。也有人会如此为自己开脱：我缺少安全感，我需要鼓励，我缺少爱，我的童年不幸福。这可以是一时的理由，但不可能作为一世的理由。因为除非你自己愿意这么做，否则没有人能把你拉回到不愉快的童年。而且，要想长时间保持着不愉快的记忆，也需要花费注意力和时间，为什么不把这些力量用在消除困扰、努力前行上面呢？

为什么你长时间都活在童年的阴影中？因为你愿意。因为那种压抑、痛苦的模式成了定式，你不愿意走出去。

为什么你随时都可以拿"缺乏爱"做借口？因为你愿意。因为你根本不想对自己付出爱，也不肯承认自己有爱的能力。

为什么你总是要拿"不安全"去折磨自己、折磨伴侣？因为你愿意。因为你把自己当成了一个"大号婴儿"，只想依偎在别人的怀抱中，让别人为你负责。

事实上，在我们离家求学、毕业工作或者独立生活的那一刻，我们就应该知道：

最应该鼓励你的，是你自己。
最应该爱你的，是你自己。
最应该肯定、支持、欣赏你的，是你自己。
最应该每天都给你一个拥抱，每天都露出笑脸的，是你自己。

你这样做了吗？还是每天都把自己分裂成两个人，一个是表面上的"成年人"，一个却是缩在黑暗中厌恶自己的"小孩子"？

请给成年后的自己一个拥抱，告诉他/她说："我很喜欢你，喜欢你现在的样子，喜欢你的一切。对，就是现在的一切。"

请拥抱成年后的自己，对他/她说："不要害怕，你做得很好，继续坚持下去，你会越来越好。"

请让成年后的自己也去拥抱身体里的那个"小孩子"，告诉他说："我一直都在这里，我愿意为你付出全部的爱，请放心，你很安全。"

……

单身者需要一些有益的心理建设，来让自己独自度过生活中的艰难时刻。往往是这些艰难的时刻会验证我们的生活能力，也会让我们的心灵得到真正的历练。如同经历过风雨之后阳光会格外温暖，空气会格外清新。

1.你不是小孩子，也不要把别人当成小孩子，天真、任性的你有时候很可爱，有时候就是愚蠢无知。

2.成年人需要承担更多责任，也要给予更多，不要心安理得地坐享别人的付出，你也应该承担起自己的责任。

3.总是躲在父母背后，你就永远长不大。

4.成熟是生理上的，更是心理上的，两者要努力做到同步发展，心理晚熟常常是伤害别人和自己的原因。

5.你理想中的"成年人"是什么样子的？请以此为标准去约束自己。

6.成年不代表乏味、刻板、无趣，总在扮演"小孩子"也不会让你显得多么有趣和特别。

7.保留童心和做好一个成年人并不冲突，童心是干净、美好的，它不是装可爱的道具。

4_去恋爱，而不是自恋

Coral从重点大学毕业后在一家外企做市场工作。她的专业技能不错，表达能力也很强，很快就成为了业务骨干，在别人眼中她是一位漂亮、自信的女白领。

"我一直都很纳闷，我很成熟啊，可能稍微有点儿理想主义，但也不过分，怎么想找个合适的对象就那么难呢？"Coral有过三次恋爱经历，但都以分手告终，对方告诉她："我配不上你，你肯定能找到更好的人。"

问题是，她找到的每一个对象条件都很好，她本人的条件也不错，收入和职位都稳步上升，按理说她应该早早就做了新娘才对。

Coral把问题归结在"理想主义"上："我这个人就是太理想化了，理想主义害死人啦，结婚就是找个人过日子，把日子过好就行了。"

她放低条件找了一位新男友，两个人年纪都不小了，都是以结婚为目的进行交往，结果这次恋爱持续的时间更短，两个月后就分手大吉。Coral不得不承认这对她是个很大的打击，她也因此彻底迷惑了：为什么追求理想不对，将就凑合也不对？难道说我就只能孤独终老吗？

这是很多单身朋友的共同经历，先是过度美化恋爱，对爱情充满不切实际的想象，遭受打击后马上消极对待，觉得恋爱就是那么回事，时间不等人，赶紧结婚生孩子完成任务。

毫无疑问，持有这两种想法的人大多数在单身生活中继续困惑，少数人草率地结了婚，然后在婚姻中还是继续困惑。

真相是什么呢？

真相是大多数人陷入的其实是一场"自恋"，他们按照自己对恋爱的想象去恋爱，对他们来说，对方并不是一个跟自己一样的人，也不会有兴趣和耐心去真正了解对方，贴近对方的心，他们永远期望着对方付出更多的爱、更多的关怀、更多的时间。

如果对方付出的没有他们期望的多，或者跟他们期望的不一样，他们马上就会感到大受伤害，痛苦不堪，最后选择分手。

自恋的人不懂得什么叫信任和宽容，其实他们希望对方完全在自己的控制之下。常见的事例就是恋爱中的"夺命连环Call（打电话）"，他/她们会说：我好担心你呀，你给我回个电话、短信不就完了吗？多么简单的事情。实际上，他们是在剥夺对方的自由空间而不自知。除了电话之外，他们也会对伴侣发号施令：你这么做是不对的，你那么做才对；你说的某句话是错的，要这么说才对。使用步步紧逼的战术，最后会让对方窒息。

自恋者的爱是把对方当成了自己的一部分，把自己的那套行为规则通通应用在对方身上，认为这都是对方理所应当去做的事。他们保持着挑剔、苛刻的眼光，对方对他们好他们觉得是应该的，否则就马上揪住不放，非要对方服从自己的意愿才行。

自恋者永远不明白，我们活在这个世界上首先是要成为自己，而不是成为某人的男朋友或女朋友、某人的妻子或丈夫。对自我的塑造，不是靠着"我爱你，我是为你好"而进行的，更不是靠着"我爱你，你看我为你牺牲了多少"，引发对方的负罪感而进行的。

回头来看Coral的几次恋爱：

第一次恋爱，她要求对方上交所有的邮箱密码、聊天记录供她查看，对方不愿意这么做，她就不依不饶、疑神疑鬼，只要对方跟异性稍有接触，她就会大动干戈。在一次约会中，只因为对方多看了邻桌的女士几眼，她就哭闹起来，一直冷战了半个月才勉强和好。

实际上，她完全没有注意到，当时餐厅里所有人都在关注那位女士，因为她是当天穿着最夸张、最暴露的女人，无论男女都难免有点儿好奇。

Coral可不管这些，她要捍卫爱情的纯洁无瑕，要对方跟她一样活在真空里。直到对方实在受不了她，承认自己不够好，没有她要求的那么完美，求她赶紧放了他，他宁可做负心汉，也不想做她的"犯人"，天天被盯得很紧。

第二次恋爱，对方把她照顾得无微不至，连Coral都很难挑出他的缺点。问题在开始讨论结婚时出现了，Coral认为自己应该掌管对方的全部收入，包括婚前买的房子也应该写上她的名字。对方认为这件事等婚后再办也不迟。另外，关于收入，最好还是大家各管各的，他可以多贡献出一些花费，但不能献出工资卡，让她发零用钱给他。

"小气鬼""守财奴""自私冷血""不顾家"，这些是Coral送给他的临别赠言。但他很快就找到一位漂亮的新女友，并且顺利结婚，这又让Coral纠结不已。

第三次恋爱，Coral终于发现了前两任男朋友的好。第三位男友热情开朗但不拘小节，在他身边她很难体会到以前做"公主"的感觉，不过大大咧咧的男友比较不在乎她的任性、傲慢，随时发作的小脾气，所以他们的交往也算是正常进行中。

到了见父母的环节，Coral因为对方父母接待她的场面不够隆重恼了气，接着又觉得对方去她家时对自己的父母不够尊重，而且没有主动提及婚事、献上聘礼，只是送了点儿烟酒茶叶就完事了。对方很吃惊，说："如果需要这样做的话，你早点儿告诉我就好了。"Coral大怒："如果什么事情都要我告诉你，那我岂不是要累死了？"

为了他们俩都不那么累，两个人还是分手了。这时她的第一任男朋友也结了婚，第二任男朋友的孩子都满月了。

Coral说："我就是太理想主义了，其实谈什么理想啊，大家不就是凑合着过日子吗？将就将就得了，眼看着自己年纪也大了，再拖下去更不好找了。"

通过相亲，她火速找到了一个各方面都不如她，但跟她一样迫于压力急于结婚的男朋友。交往不到两个月，她实在无法忍受了，在Coral看来，自己已经是委屈下嫁了，对方还不得万般庆幸能找到这么好的对象？没想到他居然件件事情都跟她讨价还价，连吃饭都AA制，更别说送花、送礼物了。而且他时不时地还会跟她提起自己的前女友，意思是她没有人家那么温柔体贴。

Coral这时才发现，说第一任男友花心真的很冤枉他，而第二任男友其实也没那么小气，第三任男友心胸宽广，更不是眼前这个人能比的。

第四次分手之后，Coral仍然困惑于自己的感情进展怎么就这么不顺利，回头看时，随手抓住一个其实也没那么糟糕，为什么在恋爱中那些缺点就成了不可容忍的分手理由呢？

Coral始终沉浸在自己对恋爱的幻想中：女人高高在上，男人拼命追求，奉献自己的一切，结婚后要由女人来管家，左右着两个人的生活，在这里面，男人始终是她唯一的配角、永远的"绿叶"。她对感情生活的理解完全来自流行歌曲、热门偶像剧，以为坚贞的爱情就是紧紧拥抱、深情拥吻，眼里只有你，别的什么都容不下。她对爱情的想法如此纯洁，对生活的想法却又是非常现实的，她要掌握经济上的控制权，要对方自行领会她的家乡的求婚习俗，要对方按照她的方式去生活。

那么，Coral为这些恋爱付出了什么呢？她太吃惊了：我付出了时间呀，你不知道女孩子最宝贵的青春就是这么几年吗？真是的。

很多单身者会抱怨单身生活孤单寂寞，对恋爱投注了很多不切实际的想象，总想着靠恋爱和婚姻去改变生活，获得幸福。

这样的幻想越狂热，往往在恋爱中破灭得就越彻底。是的，恋爱不是自恋，恋爱是一支双人舞，而不是你的独角戏。

Ken是一位"孤芳自赏"型的男士，他习惯于寻找那些涉世未深的女孩子，然后从着装、仪态、工作等方面"改造"她们，并津津乐道于自己的成绩，他不知道前女友们在他的身上懂得了什么叫"控制狂"，什么叫"语言软暴力"。

Carl则是典型的"游戏宅男"，他的几任女朋友都是在网上认识的，她们先是被他吸引，爱上他单纯善良、无辜可爱的形象，之后就开始扮演他的"小妈妈"，然后发现跟他相处的唯一方式就是给他洗衣做饭，陪他玩游戏，最后只好离开他。

Kate是爱看言情小说的"便笺女郎"，她的爱情总是突如其来，飞机、火车、快餐店、公园……她迷恋着邂逅时那一瞬间的心动，但是之后各种现实生活中的问题很快就把她吓跑，她带着一颗柔弱、热情的心继续憧憬着浪漫的爱情。

Coco是"结婚狂"，也是"未婚夫杀手"，和她交往过的男人都禁不起她的推敲：长得帅的不上进，赚钱多的没时间陪她，会玩的情史太多，不会玩的又闷死人。在结婚的最后一关，她一次次地"拒签"了这些对象。

……

他们其实从未真正尊重过自己的恋爱对象，恋人对他们来说只是实现自己的爱情幻想的工具而已。

自恋者的自我感觉是非常好的，他们会故作谦虚地说："我这个人还不错吧，周围的人都说我长得好，职业又好，朋友都奇怪我这么好的人怎么就找不到合适的对象……"

他们脆弱的内心对于别人的一切都是排斥的，对于恋人之间的磨合，无论问题大小他们都不肯让步，因为他们觉得自己一切都是对的，即使不对，对方也应该看在"爱情"的面子上包容自己——他们从没想过包容是相互的，轮到需要他们包容对方时，他们又认为包容是对自尊心的极大打击。

不可否认，每个人都会有自恋的一面，但如果把恋爱变成彻头彻尾的自恋，让恋人以牺牲自我为代价，那么对于两个人来说都是一场悲剧。

单身者要警惕的感情误区

1.自恋不是自爱

自爱是发自内心，动于内而形于外的。自爱的人不仅真心喜爱自己，也会友善待人，别人的看法并不会影响自己的处世原则。

而自恋则是人前自傲、人后自卑，内心严重不自信，缺乏对自我的正确认识，所做的一切都是为了博得外界的好评。

爱自己是没有错的，自爱的人懂得尊重自己、尊重他人，保持着自我的完整和独立。而自恋的人大声地喊着"我要爱自己""我要对自己好一点儿"，实际上虚荣、夸耀，注重利益关系，甚至为了某些利益而不择手段。

自爱者会爱自己，也会关爱他人，而自恋者因为内心严重缺乏爱，所以拼命要求别人为自己付出爱，付出关注。

自爱者懂得反省，愿意在反省中调整自己，有勇气去承认、纠正错误，从挫折中学到东西；自恋者只会在挫折中哭泣、抱怨、自怜，把责任通通推给别人，为了维护自己的面子，宁肯错下去也死不承认。

2.恋爱，不是把他/她变成你自己

每个人在憧憬另一半的时候往往都一厢情愿，我们按照自己的想象去刻画另一半，而现实仿佛是专门来扫兴的。

为什么会这样？很简单，你一个人的小世界不能代替外面的大世界，你不能把外面的世界当成是自己的小世界的延伸。这个世界很大，人与人都是不同的，不要说性别、年纪、学历、职业、成长背景，就某件事情而言，大家的看法也是千差万别的。我们总是说"客

观地看待事物"，那么承认差异性就是"客观地看待事物"的开始。

不要拿自己的标准去评判你的伴侣，更不要因为伴侣跟自己不一样就反复纠结，觉得极受打击。

恋爱，是我们有幸遇到了一个人，一起经营感情，一起寻找幸福，而不是我们有幸遇到了一个像自己的人，把他/她完全变成自己，或者变成自己的附属品才行。

3.相爱，要尊重相处的独立性

单身久了的人在恋爱中经常有极端的表现，不是超级黏人，就是超级冷淡。或者是从一开始超级黏人，到后来就超级冷淡。恋爱双方需要把握好相处的尺度，保持各自的独立空间，但不要过分。每个人固然有自己的生活规律、习惯和喜好，这就需要两个人好好沟通，磨合出一个彼此都能接受的相处模式。不能任性而为，以自己的自由为最高法则，无视对方的相处需求。

很多人把恋爱失败的原因归结为"单身久了""自由惯了"，其实背后的自私、任性，不懂得尊重对方，才是真正的原因。

4.急于求成，反而不成

"剩女""宅男"这样的名词是单身族的自嘲。不少单身族的第一愿望就是结婚，马上组建小家庭，结束单身的"苦日子"。单身好孤单，没有人照料，日子过得好凄凉，等结了婚我就幸福了。

事实会证明，一个人单身时都没把生活过好，他/她在面对婚姻中各种复杂的问题时会更加手足无措、叫苦不迭："早知如此还不如单身算了。"

而这种急于求成的心态会让你忽略掉对方种种跟自己不匹配的地

方，草率成婚之后矛盾激化，"闪婚"之后往往带来的是"闪离"。

单身的人需要规划好自己的生活，学会在生活中创造幸福、发现幸福，培养自己争取幸福的能力。一个幸福的人才有可能带给别人幸福，一个自爱的人才有可能给予别人健康、积极的爱。

5.在暧昧和单恋中拖延

"我偷偷喜欢一个人，他/她不用知道""我们之间的感情比好朋友多一点儿，比恋人少一点儿"……暧昧和单恋的借口在单身者中非常普遍，这些借口的本质也是自恋的一种，可以享受"恋爱"的感觉，却不用承担"恋爱"的风险和责任。而且，很多有文艺腔调的人会把这些事情描写得唯美感人，引起爱情空想者的情感共鸣。

是的，只要你愿意，你完全可以单恋一个人到死，也可以暧昧个七八年乃至十几年甚至一辈子，这是你的选择，与别人无关。但你付出的是什么？是你最宝贵的时间，是你自己的人生。如果到了中年甚至老年才发现自己一生都生活在对爱情的幻想之中，没有结婚生子，只能孤独地走向死亡，那将是怎样的遗憾？

暧昧和单恋延长了一个人的成熟期，一个人可以扮演少年维特一时，但不可能扮演一世。承担现实中的责任，对自己负责，让自己脚踏实地地走好每一步，这才是真正的生活。

6.不要贪图已婚者的好

单身者会经常受到已婚者的诱惑。很多年轻的姑娘会告诉朋友们："我也知道做第三者不好呀，可是他对我那么好，我太需要爱了，再说他的婚姻不幸福，说不定他会离婚娶我的。即使他不离婚，我什么都不要，只乖乖地做一个安分的情人就好了。"

已婚者通常会有一定的社会地位，经济条件比单身者好，更重要的是他们在婚姻中对异性有充分的了解，他们知道如何去讨好异性，为他们提供情感需要。但这并不意味着单身者与已婚者的恋爱就是顺理成章的事，家庭的稳定需要道德来维护，我们固然不必坚持封建社会的那一套，但至少应该有起码的忠诚度。如果婚姻真的无可挽回，离婚后仍可以开始新的感情，但遗憾的是，已婚者出轨的借口大部分是假的，他们只是对婚姻有些厌倦，并不是真的要放弃自己的婚姻。

单身的朋友还是选择单身的对象吧，已婚者或许会给你一些经济上和生活上的照料，但那些好终究不属于你，而属于他们真正的伴侣和孩子。不要去偷窃别人的幸福，你完全可以找到自己的幸福。

7.死在某一场恋爱中

单身者对感情经常是畏惧、退缩的，原因是他们经历过感情上的失败。"以后再没有可能爱上别人""我再也不相信爱情了，他/她把我伤得太深""我的心已经死了"……类似的伤心话恐怕说一万句也说不完。

恋爱并非人生的全部，过去的恋爱也不会是你感情的全部。如果你把恋爱当成生活的全部，那么你的生活未免太狭窄、太空洞了，如果爱情占据了你感情的全部，那么你如何来安置你的亲情、友情，事业上的成就感、参与社会的责任感呢？

同样，经历一段失败的恋情后就给自己的感情、人生下了结论，那就是"一叶障目，不见泰山"。沉沦在一次失恋的痛苦中不能自拔，唯一的原因就是自己不愿意走出来。

我们对生命的感受很丰富，人生也很精彩，请不要给自己设置一个那么低的"死亡门槛"，动不动就"死心了""心碎了"，很抱歉，只要生命继续下去，我们就要坚持对幸福的追求。你的心始终都在热烈地跳跃着，它在告诉你：是的，我还可以爱，随时都可以。

8.活在空中楼阁里

很多单身者总在抱怨，却不肯花一点儿时间去思考自己的社交到底出了什么问题。他们羞怯、内向，给自己贴上了一个"社交恐惧"的标签，然后就没完没了地发牢骚，说自己工作忙啦，时间少啦，认识的人太有限啦，自己太单纯、太老实啦。

这些牢骚是一道道栅栏，把自己跟外面的精彩世界隔离开。实际上是自己内心胆怯，没有足够的勇气去结识更多的朋友，这也是自我否定，认为自己不配去认识更好、更有趣的人。

这一类人的生活乏味无比，只认识周围的同事、同学等几个熟人，每天起床、上班、吃饭、睡觉，中间上会儿网，玩会儿游戏，聊聊天，就这么打发了时间。爱情只存在于他们的想象中，他们不肯也不愿意付诸实践。

想象大于行动的人注定了永远在失望，永远对现实不满意，但他们却不肯想一想自己到底付出了什么，做了多少努力。

活在云端的"梦想家"，醒醒吧，如果你真的想找个好对象，就要睁大眼睛去找才行；如果真的想认识更多的朋友，就要打扮漂亮，参加点儿活动，多跟别人相处才对。如果你连这些都没有做，那又何必抱怨自己找不到合适的人呢？

9.纠结到底有什么用

客观地说，作为一种权衡的话，纠结算是有用的，对于某个交往对象，到底选还是不选？他/她的优点和缺点到底哪些重要，哪些不重要？一段感情是值得坚持的，还是要马上放弃的？面对选择，我们确实需要好好地思考，去衡量其中的利弊，更重要的是，这种权衡会直接质问我们自己：你的原则到底是什么？什么是你可以忍受、让步的，什么是你绝对不可以接受的？

有原则的人、精神独立的人会大大地减少"纠结"带来的烦恼。比如说，不忠诚的异性就算有再多的优点，追求得再热烈，也不会被列为考虑的对象。再比如说，这段感情要以现在的事业为代价，那么即使对方再完美，也不能为他/她牺牲自己的大好前途。

有的人的原则是很功利的，比如说"我只想嫁给有钱人，穷人再好也不选"。再比如，"对方必须有房有车我才肯结婚，否则宁可分手"。这样的原则是对是错暂不讨论，但无论如何，有原则的人在选择对象上就比没有原则的人来得坚定，来得明确。

很多人在纠结中白白浪费了时间，他们就像一些强迫症患者那样连先迈左脚还是右脚都拿不定主意。没有主见，没有自我，动辄就是"某某说""某朋友说""别人说"，连自己的主见都没有，那么又如何指望他们能做出真正适合自己的选择呢？

纠结的真正作用就在于告诉我们人生到底有多短暂，告诉我们没有自我的人生有多痛苦，而"做你自己""成为你自己""依靠你自己"又是多么重要。

10.脚踏实地，不用喊口号

"你说的我都明白，但我就是做不到。"不，不是这样的，你真正明白和接受了，你就会去做的。这就跟起床后我们需要刷牙、洗脸，买东西要付钱一样简单、明白。

很多人自以为可以讲出很多漂亮、空洞的理论，以为自己明白人生的大道理，但实际上他们活在痛苦之中，因为他们不但实践不了那些道理，还拿"我本来就知道""我比谁都明白"的想法来自我折磨，让自己充满了愧疚感、罪恶感。

有人喋喋不休地说："我男朋友非常优秀，我好爱他，我们的感情太好了，一定会坚持走到最后的，因为爱就是信任、理解、忍耐、互相支持……"但稍微遇到点儿挫折，她又开始向每个人哭诉："看来我们很难在一起了，这世界太残酷了，感情也太脆弱了，他的问题实在太多，多疑、小气、贫穷……我现在不知道还爱不爱他了。"

这就是典型的"我什么都明白，但就是做不到"的人。

经营感情、积累幸福，每一步都需要实实在在的努力，而不是口头上喊几句"我爱你""我要独立""爱是互相理解"就完了。世界上没有完美的人，也没有完美的关系，更没有完美的生活，接受这样的不完美，努力让我们的感情、生活更美好，这才是真实的世界。

说太多不如做一点儿。真正的理解、信任、忍耐、坚持都是做出来的，而不是说出来的。

你若真的理解一个人，多倾听，少抱怨，接受他/她本来的样子，而不是拼命地挑剔、苛求，总是想着去改变他/她。

你若真的信任一个人，就不要疑神疑鬼，拿"没安全感"做借口来监视他/她的一举一动，等你们之间变成了狱卒和囚犯的关系，那时感情破裂是必然的。

你若真的独立，就不要把你的感情关系当成救命稻草抓得紧紧的，动不动就因为一点儿小事闹得天翻地覆，好像这段感情不按照你的意思发展，你就会寻死觅活。恋爱可能成功也可能失败，做出了选择，风险要自己承担，而不是非要依赖别人，让别人背着你走。真的不能继续了，分手各奔前程，自然会有新的对象在等着你。

你若真的懂得忍耐和坚持，那么感情关系的安全系数就大大增加了，你和你的爱人会互相体谅，珍惜彼此的付出，一起成长，一起迎接人生的风雨，到了最后，微笑着携手老去，也许你们不是什么成名成家的大人物，但你们会是一对真心相爱一辈子的幸福的老夫妻。

所以，喊那么多口号，发那么多牢骚，不如去行动。没有行动支撑的理论既然说了也没用，就不如不说。

记住，你是在恋爱，而不是自恋。你没有必要跟自己在水中的影子恋爱，也没必要把对方改造成为另一个人——一个你理想中的人。如果你自己对人生充满了理想，你应该改造你自己才对，没有理由去苛求别人。爱是接纳，爱是尊重，爱是信任，爱是一个独立的人跟另一个独立的人之间美好的关系。爱是携手成长，爱是理解，爱是关怀，爱是付出，爱是坚持。爱是要你成为你自己，爱也是让你的另一半成为他/她自己。

明白并接受了这一点，世界上的感情问题就会少了很多。缘来缘去，让恋情为我们沉淀出一些美好的东西，让伤害教会我们成长，经历了痛苦、迷惑，最后我们会得到真正的宁静和幸福。

1. 爱自己是首要的，但爱不是自私，也不是自恋、自怜，做好自己，承担自己应该承担的责任。

2. 任何恋爱都会有风险，也都会存在问题，不必大惊小怪，更不必怀疑人性。

3. 爱情的道理已经被人讲烂了，请坚持一个原则：为了幸福。如果不幸福，只是互相折磨，那不叫爱，只能叫虐待。互相虐待又非要在一起，那也不是爱，那只是虐待狂和受虐狂互相依赖的关系。

4. 爱情需要真实、坦白、公平，你做到了吗？换个角度，从伴侣的角度评判自己，你会有新发现吗？

5. 失恋只是失恋而已，不是世界末日，你仍然有爱别人和被爱的资格。不要把自己搞成惨兮兮的可怜虫。

6. 想恋爱就要去积极寻找适合自己的对象，不要用空想打发时间。

7. 基本的价值观要遵守。也就是说，单身男女要正大光明地交往，但不要插足、出轨、"脚踏几只船"，你有空演电视连续剧，别人不一定有兴趣奉陪，请不要挑战道德的底线。

8. 爱带来的不应该是伤害和仇恨，即使别人真的伤害了你，如果能用法律讨回公道，请诉诸法律，报复只会让你的心里更黑暗。

5_做父母的"父母"

对于我们中国人来说，"孝顺"是一个无法绕开的话题。传统观念中的"孝"是跟"尊敬""顺从"联系在一起的。也就是说，父母对儿女的要求首先是"尊敬"和"顺从"，做一个听话的乖孩子。等儿女成年之后，我们的文化讲究"反哺"，即儿女要回报父母的养育之恩。

这是一个看似美好和完整的体系，但是随着一代又一代人的成长，我们都在反思同一个问题，在这个体系中，"独立""自由"和"爱"是如何体现的呢？

我们会发现，在很多家庭中是不存在独立和自由的。所谓爱，要么是毫无原则地宠溺，要么就是刻板地服从。

在我们的社会中，家长往往不是独立的，很多家长都会说：我做的一切都是为了孩子。他们没有个人的生活和爱好，一切以孩子为生活的重心——感情破裂的夫妻不离婚，那是为了孩子；事业上毫无亮点，也是为了孩子。孩子小的时候，他们天天忙着接送孩子上下学，孩子大了，他们就急着催孩子结婚，自己好去给孩子看护下一代，继续为自己的孙子、孙女而活。

这样的家长随处可见，而且他们的想法是整整一代人的想法：我们这一代吃了太多的苦，也失去了太多机会，我要让孩子去实现我的理想，要让孩子过上我渴望的生活。

父母辈的人生活在集体主义中，他们自己就不懂得"独立""自我"的重要性，他们教给孩子的往往是"听话""别做出头鸟""艰苦朴素""老师和领导都是对的"。

他们的爱也来得简单和粗暴，爱就是为了你好，把家里最好的东西给你吃，想要什么就买给你，但是你必须听话，必须随时接受父母的挑剔和教训。

父母养成了这样的习惯：他们害怕接受新的观点和新的生活态度，他们不够宽容，又缺乏安全感，不敢展示真实的自己，宁愿抹杀个性，做"集体"中的一员。他们真心觉得批评和建议是一种"爱"的表示，因为只有真心对你的人才肯对你说出真话。他们也真心相信"改造"的力量，相信"知错就改是好同志"。

而在他们眼中，孩子永远是需要"改造"的，因为他们永远认为孩子不够好，笨手笨脚，做不好事情，或者虽然还不错，但是如果再改一改不就更好、更完美了吗？

父母那一代人羞于说"爱"，羞于承认"感情"。"爱情"对他们来说是禁忌，谈情说爱的人那是落后分子，是可耻的。他们对待爱都是如此，性在他们眼中就更是完全的空白、完全的黑暗。

父母辈的婚姻相对现代人来说是很稳定的，这一点可以拿离婚率做对照，但并不代表他们比我们生活得幸福，而是说明他们更能忍耐，很多人为了面子不愿离婚、不敢离婚，实际上这样的家庭比单亲家庭更痛苦。

这样的一代人养育的下一代就是单身者越来越多，大龄而迟迟不婚的我们。

很多单身者会直言不讳：看了我父母的婚姻，我才不要结婚呢。都是父母害了我，我到现在都非常缺少爱，也不懂得怎么去爱别人，甚至不知道该怎么跟别人相处。

而我们这一代人对独立、自由和爱的追求也格外热切，因为那是父母的教育体系中缺少的东西，所以我们就加倍渴望得到这些父母从来没有仔细教给我们的东西。

这样的行为对父母来说无疑是叛逆，所以父母的牢骚越来越多：孩子大了，不听话了，老大的年纪还不结婚，真丢人，好发愁啊。

单身者的感情问题表面上来自恋爱或者婚姻，但根深蒂固的原因在于父母，在什么样的家庭中长大会决定我们成为什么样的人，或者说会促使我们决定自己成为什么样的人。

同样，在我们成年之后也会面临一个如何跟父母相处的问题。

单身者与父母之间的关系大致有如下几种：

1.巨型婴儿

一切都是父母提供的，父母满足自己的一切要求，大部分生活是父母安排的。除了呼吸以外，真正属于自己的就是胡思乱想——想象力也是有限的，因为一切都在父母的控制之下，没见识过外面的世界，所以跟婴儿一样，他们认识的世界就只有父母给的那么大。

这样的人在父母身边长大，工作多半是父母给安排的，要么是跟父母同住，要么父母给买了同城的房子。家务是由父母完成的，装修是父母代办的，相亲是父母给联系的。他们虽然成年，但未"断奶"，父母跟他们之间的关系基本上跟婴儿与父母的关系无异。

这样的单身者是彻底的依赖者，不知独立为何物。他们没有独立的感情世界，就算结婚也是为了父母结婚，要求伴侣也要跟自己一样，服从父母的管理，最好也跟父母同住。

如果是没有工作的"啃老族"，就形成了经济和情感关系上的双重依赖。工作高不成低不就，只能依靠父母的退休金生活，这样的人如果结婚生子，仍然是依附于父母的长不大的婴儿。

这样的情感关系是否令双方满意呢？不，恰恰相反，互为依赖关系的父母和子女是互相抱怨的，父母会挑剔、责备自己的儿女，认为他们没有做得更多、更好，而自己还在为成年子女付出，得不到回报。子女对父母一样心存不满，认为是他们那种老套的观念毁掉了自己的人生，而他们的控制欲和苛求时刻都在折磨自己。

没有独立过的人是可悲的，一生都生活在父母的羽翼之下的人可以说没有真正地活过。他们没有自我，在遇到问题时往往陷入混乱和困惑中。

2.真假"乖小孩"

有一类单身者是"乖小孩"，他们的学业不错、工作稳定，与父母之间的关系维持得很好，定期送钱送物给父母，是别人口中的"孝子""乖孩子"。

他们有的是发自内心的，想以这些举动来博得父母的关注和认可；有的其实是伪装的，假装顺从，心里的真实状态是"我做好你们想要的，但我是我自己"。

真的乖小孩人生平顺，没受过什么挫折，也不想去经受挫折，一切都是顺理成章的，从好学生开始到一生的好孩子，找到跟自己差不多的伴侣，经营一个看似美满但很无趣的家庭，继续着父母辈希望的一切。

他们的问题是：顺从是唯一博取别人认同的途径，他们经常觉得很压抑，一旦遇到挫折就会手足无措，禁不起打击，而父母对他们的评价是他们衡量自己行为的重要标准。我们会看到周围有这样的人，为了父母献出自己的全部收入，为了父母不惜结束一段本来很好的感情关系，他们不算是"巨型婴儿"，他们是父母像捏泥巴一样捏出来的成年人。

假装的"乖小孩"通常个性坚强，他们在生活中磨炼出自己的一套"法则"，他们会去主动了解父母的需要，为父母安排生活，但绝不允许父母插手自己的生活。很多单身者选择了假装做个"乖小孩"来安慰父母，因为他们知道自己真实的一面跟父母如此不同，但何必展示出来，跟父母发生冲突呢？

假装的"乖小孩"经常会说自己"人格分裂"，但如果自己能意识到在父母面前只是一种"扮演"，那也不算是很严重的精神疾病。为了爱，我们总是要说些谎，做些本来不想做的事，只要这些东西不会影响真实的自我，那又有什么关系呢？

3.愤怒的青少年

这样的单身者通常独立性比较强，因为他们早就打定了主意要摆脱父母的那一套规则。他们会远走他乡，在别的城市或者国家生活，他们会拼命寻找被父母压抑过的那部分自我，追求自己的成熟和独立。这些都没有错，也是成长的必经阶段。

但他们对父母的态度跟青少年时期无异，要么是冷淡、沉默，保持距离，要么就是暴躁、针锋相对。

很多单身者念念不忘在成长中遭受过父母的体罚、冷暴力，他们认为这些痛苦造成了自己的情感创伤，迟迟不肯摆脱这样的爱恨交织的心态。

我们经常可以看见单身子女对待父母粗暴，动辄就跟父母大声争吵起来，否则就离家出走、自残，不闻不问，使用冷暴力。他们在外面是行事得体的成年人，但是一面对父母，他们就变回愤怒的青少年，而冲突过后的挫败感、自责又会让他们痛心不已。

4.冷淡的"孤儿"

有些单身者会给人一种"孤儿"的错觉，他们从不打电话给家里，跟父母之间的关系异常疏远，除非父母有什么事情找他/她才勉强有一些来往，否则就当对方不存在。

父母早年离异，把孩子留给祖父母抚养往往会造成这样的结果，孩子并没有得到多少父母的关爱。成年后，他们对父母也是冷漠的，内心真正关心的是祖父母，但他们多半可能过世了。

这样的单身者对家庭关系的态度往往是消极、悲观的，他们会认为异性靠不住，婚姻也不是件好事，对经营好一段感情关系缺乏信心。他们没有得到过足够的关爱，所以也不愿意付出关爱给别人。

当然，除了以上几种形态以外，也有与父母相处得十分融洽的单身者，父慈母爱，子女孝顺，一家人过得很美满，这也并不是特例。本书只针对与父母相处有类似问题的朋友进行一些情感关系方面的讨论。

Ailsa认为，自己始终在"真的乖小孩"和"假装的乖小孩"之间徘徊。如果跟父母发生了言语上的冲突，她又会马上变成"愤怒的青少年"，冲着父母大发雷霆。

"其实每次发火之后我都很后悔，我知道父母年纪大了，这样会伤他们的心。我从小就看够了父母的争吵，他们都很爱面子，在外面和和气气，一回家关起门就吵得不可开交，激动的时候还会说脏话、拿菜刀、掀桌子，我除了哭就不知道该怎么办才好。他们对我的教育也是以打骂为主，现在我还是很怕犯错，害怕看别人的脸色，因为我会觉得搞不好我就要挨打了。"Ailsa不愿意回忆自己的童年，她记忆中的童年每天都在期盼自己赶快长大，远离父母，远离这种随时可能会被责备、被打骂的处境。

成年之后的Ailsa悲哀地发现，自己的很多习惯跟父母已经一致了，比如在人前很客气也很热情，一转身就会议论别人，内心很压抑，对自己的行为要求非常苛刻，有什么事情做不好，耳边就会响起父母的责骂声："你怎么这么笨""没用的东西""废物一个""死人""木头脑袋"……

而在Ailsa的父母看来，自己的教育是成功的，Ailsa从小成绩优异，顺利地考上重点大学，硕士毕业后找到一份好工作，这些都是可以供他们在人前炫耀的资本。至于她的不开心，她对于成长的困惑和烦恼，父母是不关心的，他们觉得"现在的孩子怎么这么多事，我们还不是这么过来的，你爷爷、你姥姥还不是一样打孩子吗？""没少你吃，没少你穿，零用钱也给你，教训你那不是为了你好吗？不严格教育，你现在怎么能发展得这么好？你非但不知感激，还怨恨父母？"

他们一家人还保持着那个习惯，在人前扮演"幸福的完美家庭",等回家后就开始为一点儿琐事争吵不休。

Ailsa不敢结婚,更不敢生孩子,她想到自己以后的婚姻和家庭也是如此,那该是怎样的悲哀?

Ailsa多半时候是做"假装的乖小孩",表面顺从,实际上却我行我素,不理会父母的那一套,有时甚至故意跟父母对着干。但在为人处世的一些行为上她又复制了父母的很多做法,比如不敢和人争辩,不愿意说出真实的感受,害怕冲突,宁愿做一些违心的让步,实际上这样的行为只让她得到了"滥好人""墙头草"的评价。

"有时候头会'嗡'的一声,什么都不管了,跟父母大声吵起来,越这样他们越激动,开始我是跟妈妈吵,不久我爸也会加入进来,吵到最后是因为什么吵起来的也不管了,两个人一起骂我'没有良心''不孝顺'。"这样的战争之后,家里会平静一段时间,大家彼此不说话,陷入冷战。等恢复了正常之后,隔不了多久又会再来一次。Ailsa这样的情绪冲动让她非常痛苦,因为发作之后深深的自责会压倒她,她会站在父母的立场上更严厉地责骂自己。

Ailsa需要和父母建立起平等、互相尊重、保持距离的精神关系,而不是在听从和逆反之间徘徊。对父母的种种不满和纠结,实际上伤害的是自己的心灵。

单身者应该如何与父母之间建立起一种平和、松弛、安稳又充满关爱的关系呢?

答案是:先做自己的"父母",再去做父母的"父母"吧。

作为成年人,我们不能期待自己理想中的关系模式,期待着周围的一切按照自己的想象运行。我们想要的一切都应该由我们自己去实践。

你想要一个独立、时髦、开明又有幽默感的妈妈，作为成年女性，你完全有能力去成为自己想象中的样子，在单身没有孩子的时候，你可以把自己当成自己的孩子，给予自己更多的关爱、更多的宽容，在自己困惑时，多去看书，找人讨论，自己思考，找到一些可以解决问题的方法，然后让自己做决定，在这样的过程中，学会自爱、独立、接受、包容和分享。

如果你在小时候看到同学的妈妈穿的高跟鞋很漂亮，你不必勉强你妈妈也要穿，你可以自己买几双高跟鞋，体验那种潇洒、高挑的感觉。对于女性美的判断，你有你的理解，你妈妈也有她的理解，可以想象一下，如果你女儿不肯穿高跟鞋，你是否会因为"别人穿了很漂亮"就强迫她穿呢？

对待你的妈妈，不要以理想和现实之间的差距去挑剔她，接受她现在的样子，接受你们之间的关系中的好与不好，儿女可以站在保护父母的位置上去重新看待自己的父母，也许你会发现，你妈妈其实也只是一个自卑、爱虚荣、胆小的"孩子"，她也渴望得到别人的爱、别人的关怀、别人的认可。

对待你的爸爸，不要再把他看得高高在上。作为一家之主的爸爸其实跟我们一样，有很多优点，也有很多缺点和问题，我们不能总是做那个"被爸爸吓坏了"的小孩子，成年后的我们重新去看待爸爸，也许会看到他是个一生坎坷，但一直都努力工作的男人，也许他懒惰、暴躁、专制，但他也有一颗敏感、脆弱、不够成熟的心。

做自己的父母，让自己在经济上独立，在生活上独立，在精神上独立。

经济上的独立　努力工作，把你童年缺少的一切买回来满足自己，如果童年时对物质的渴望伤害了你，那么成年后你有的是弥补的机会。

生活上的独立 自己租房、买房、洗衣做饭，缴煤气费、水费、电费、布置家居环境，如果你总觉得父母给你的家太过狭小、破旧、老土，那么你完全可以过自己想要的生活，活得自信、愉快、井井有条。

精神上的独立 自己思考事情，自己做判断，有了挫折自己承担，在失败中吸取更多经验，成功后感受那种自力更生的喜悦。感情上不是依赖别人的爱和关怀，自愿去恋爱，自己可以掌控感情生活，也能够承担起感情中的各种风险。

如果一个人年近三十还在向父母要零用钱，还要等着妈妈做饭、洗衣服，谈恋爱也好，结婚也好，一不顺心就打电话向父母哭诉，这样的人是谈不上独立和自爱的。他们永远不会成为自己"理想中的父母"，他们只会永远做"长不大的小孩子""父母的乖宝宝"。

这样的人最终要面对一件事：那就是父母不可能永远照顾你、体贴你，父母会先我们而去。到那时，再多的哭泣、后悔也换不回相处的时光，再多的悲伤、痛恨也改变不了自己不独立、依赖父母的事实。

做父母的"父母"，要有一颗包容、温柔的心，真正像对待自己的孩子一样对待他们，但不是无条件地溺爱，要保证他们也有自己的独立性，有自己的生活。

Bonnie最讨厌妈妈的唠叨，她在妈妈无穷无尽的唠叨、抱怨中长大，高考之后她庆幸自己再也不用面对父母，不用天天跟他们一起生活了。但Bonnie回家时又听到妈妈的唠叨，她发现了一个问题：妈妈其实是个很寂寞、很想倾诉的女人。自己的家是个大家庭，妈妈先是伺候爷爷、奶奶，接着供小叔们读书，在外面工作也很辛苦。她既好强又好面子，唯一可以倾诉的对象其实就是自己的女儿。这当然是不对的，却是她唯一的出路。

Bonnie心痛地发现，妈妈因为自己的离开老得很快，在人前很沉默，但一面对她就开始滔滔不绝。而Bonnie其实完全没有听明白妈妈到底在说什么，心里总是充满了不耐烦，希望尽快打断她、离开她才好。

发现了这个问题之后，Bonnie把自己以前住的房间收拾了一下，把原来的木板床换成了一套很大的沙发，拉开后可以做床，合起来是一个类似咖啡厅一样的很时髦的聊天小窝。她倒上茶，拿上零食，专门陪妈妈窝在沙发里谈心。开始妈妈达不习惯，觉得总得干点儿什么家务才行，后来她开始喜欢上这种气氛。

对于很多陈年旧事，妈妈也在女儿的询问和安慰中慢慢地看开了。妈妈还学会了发短信、上网写邮件，Bonnie总是及时地给她回复。这么多年来，妈妈被压抑的倾诉的愿望得到了满足，Bonnie的妈妈也开始愿意关心新事物，没事出去走走、跳跳舞什么的。

Bonnie说："如果你不愿意听父母说什么，那么你说的话也不可能真的被父母理解和接受。父母其实很寂寞，他们老了，也没有什么真正贴心的好朋友，他们也没有得到过自己父母的爱，我能做的也不多，只是好好听他们说话，陪他们出去散散步，但只是做了这些，他们就很满足、很高兴了。"

同样，Ben在对待与父母之间的关系上也走了很多弯路，他反感父亲的土气和官腔。爸爸是农村干部，很不顾家，经常在外面跟别人谈事、喝酒，回家后什么都不做，还经常呵斥妈妈。爸爸对儿子的教训也经常是套话和空话，Ben后来完全不想再跟爸爸对话了，但心里又知道爸爸其实很爱他，以他为荣。

Ben上大学后开始对爸爸进行"洗脑"和"塑造"，告诉他要衣着得体，不要邋遢，要少喝酒，要对妈妈有礼貌，做个体贴的男人。可以想见，这些意见除了让爸爸勃然大怒，说他"忘了本""不知天高地厚"，激化父子之间的矛盾以外，没有起到别的作用。

在Ben读研的时候，他的父母过来看他。"那一瞬间我非常难过，爸爸在校园里像个手足无措的小孩子，脸上带着谦卑的笑容，他其实是一个渴望上大学却上不成，只能做个村官的人。"Ben紧紧地拉住爸爸的手，走在校园里，每遇到熟人Ben就告诉他们说："这是我爸爸，我的爸爸妈妈是特地来看我的。"

父母回家时的行李变多了，Ben给爸爸买了新鞋子、新衣服，爸爸嘟囔着说："是不是嫌弃我？"Ben说："不是，这鞋穿着舒服，不要再穿旧的了，走路舒服点儿不好吗？"爸爸还是坚持不穿，Ben坚持给他塞进了行李箱。

后来妈妈告诉Ben，爸爸在火车上就换了新衣服和新鞋，到处说："这是我儿子给我买的。"Ben终于知道，那些"塑造"爸爸的大道理其实没有一件衣服、一双鞋来得有效。

工作后Ben给父母买了更多的东西，从衣物、鞋子到家具、家电，原来爸爸并非坚持自己"土气""邋遢"的形象，也并不是舍不得旧衣服，他只是害怕花钱而已。儿子给他买的新东西，他用起来不知道有多高兴。而且，为了专门回家看看新的家电怎么用、家具怎么摆，他也更愿意回家了，而不是流连于外面的饭局。

Ben知道父母之间有多年的矛盾，他就把给妈妈买的东西通通交给爸爸，让爸爸转交。Ben又对妈妈说："是我爸让我买给你的。"这样一来，父母之间的关系也好了很多。而且他们年纪大了，互相依靠的想法也让他们更加珍惜彼此。

"可能我爸爸还是有很多地方不好，脾气还是很坏，动不动还是要说他那些官话，但是他始终都是我爸爸，他是爱我的，我也很爱他，虽然我们都没有这么说过。"Ben更愿意看到的是爸爸在一点点转变，跟家人的关系更和睦。

做父母的"父母"，给他们耐心、关怀，物质上的照顾，同时也要鼓励他们，减少他们的精神压力，让他们愿意去尝试更多的东西，让他们的生活更独立、更丰富。

比如父母因为老了不敢去看医生，可以先带他们看看小毛病，比如洗牙、补牙，看看眼睛和耳朵，这些小毛病容易治好，也可以给他们更多的信心，让他们不再害怕去医院。

比如父母辛苦了一辈子，老了总是闲不下来，又不知道什么地方可以去。儿女可以去找找附近的老年大学，给他们安排一些适合老年人的活动和课程，让他们有个地方可以去，通过学习认识一些新朋友。

比如一些养生保健的常识，父母听得多，做得少，那么就每周换个新菜谱，做些素食或者保健食品，让父母品尝，也许他们吃了觉得好吃之后自己也愿意动手去做了。

有人还在执着于父母的伤害，他们认为自己对父母的感受爱恨交加，非常混乱。憎恨父母，首先损害的是自己的心灵，而慢慢地原谅从前的不愉快，不仅是对父母的宽容，更是对自己的宽容。

父母和子女的联系无法割断。实际上，处理好自己的家庭关系有时远远比维持一段甚至几段感情关系来得重要，很多感情问题的症结，追根溯源，恰恰是因为自己与父母之间的矛盾和困惑造成的。

单身者除了儿女的身份之外，很快会通过婚姻成为别人的丈夫或妻子，生了孩子，要做孩子的父母。那时，我们应该怎样做父母，才能对得起那些纯洁的新生命？难道要搬用父母与我们之间的情感交流模式，让问题继续延续吗？

做好自己的父母，让自己的人生更从容、更健康。做好父母的"父母"，让家庭关系的问题得到解决，父母和子女都可以从中得到启发。而且，在这样的过程中，我们最大的收获可以真正学会如何为人父母，真正懂得如何跟孩子相处，尊重他们，理解他们，帮助他们成为健康、自信、快乐的人。

孝敬父母可以做的事

钱少可以少花，钱多可以多花，按照自己的经济情况来。只要你真的花了时间和精力，让父母感受到了被照顾、被关爱的氛围，那就是值得的。

即使父母的经济条件比你好得多，你仍然可以给他们买一些可以经常用的东西。怕的是你不去想、不去做，一门心思空想着"等我发了财，我要怎样"，只怕真的等你赚够了钱，你也仍然没有时间和心思去顾及父母最微小的需要，而时间就这么匆匆流逝了，不会再回来。

5~10元钱 可以买给父母的东西

你可以去批发市场，也可以去网上淘货，但要注重品质。

一双舒适、合脚的运动袜。请他们换下原来那双补过的袜子。

一条柔软、漂亮的毛巾。告诉他们毛巾要经常换，不能一用就是好几年。

一朵花。在花便宜的时候，你甚至可以买到一束花。

一个装药片的小盒子。里面分了很多格，可以方便父母吃各种药片，也能随身携带。

一个漂亮的碗。如果你买不起整套餐具，你可以先买一个好看的碗，换一下他们用了二十年的餐具。如果买不起碗，你可以先买个勺，买个小碟子，记得要有他们喜欢的图案。

一条小围巾。你妈妈如果朴素了一辈子，可以先从这条花哨的小围巾开始打扮她。

一瓶甘油。父母洗手洗脚后，你可以给他们来个手脚按摩，舒筋活络。

一个装各种卡的小夹子。他们在出门时，老年优惠证、车票等可以放在里面。

一把带放大镜的指甲刀。指甲刀是不是你忽视的一个细节呢？

一件纯棉内衣（内裤或者胸罩）。请他们换掉洗得松垮的旧内衣，请他们，换上你选的新内衣。

一副护膝或者护踝。保护好父母的腿脚，一开始他们也许觉得没必要，但用习惯了会觉得很好。

一排挂钩。钉在门口经常放衣服、包包的地方，用来挂东西。

一个多层的架子。也许能让厨房显得更加干净、整洁。

一个收纳袋。你妈妈还在把衣服包在古老的包袱里面吗？买一个收纳袋送给她吧。

一双洗碗用的手套。让父母不要再把手泡在冷水里。

一包浴盐。让父母在家里也享受一下"去死皮"的服务，洗澡不是涂抹香皂一冲就完事了。

一张门票。各个城市可能都会有一些不大起眼儿的景点，买张票带你的父母去逛逛。

几斤水果。买他们喜欢吃的水果，削好了给他们吃。

一点儿小吃。如果路过的某个小吃店食物做得很不错，不妨带点儿回家。

另外，看他们有什么爱好，你可以买练字用的纸张笔墨，买鱼饵，买花肥或者花盆，买鸟食；可以给他们多下载一些他们那个年代的人爱听的歌、爱看书的；给他们下载一些小说，在手机上定制"天气预报""保健常识"；虽然吃零食不大健康，但是这点儿钱买包零食还是够的。

有的人比较有眼光，用10元钱也能淘到舒适的围巾，甩卖的T恤、睡裤、便鞋、雨伞之类物超所值的东西，相信这样的性价比也必然是可以告诉父母的有趣的事。

很多人只会大声责备父母"生活习惯不好"，但你又为他们做了什么？

如果你不是大声呵斥他们，而是把这些东西都默默地买好，献给父母，请他们换上。相信大多数父母会为孩子这样细心感到高兴，也可能有少数父母会继续固执，认为孩子浪费钱，但是你坚持这样做，他们会慢慢体会出新东西的好。

1~100元钱可以买给父母的东西

虽然这些钱会让购买范围扩大，但也同样适用于购买上面的东西。比如，可以买10条毛巾、10双袜子、5件内衣、3条围巾，或者是买品质更好的同类产品，反正这些东西都是经常使用的，多多益善。而且数量多了，他们就会舍得用了，不会再那么节省。

一件外套或者毛衣、运动裤、棉背心、裙子、睡衣，趁打折时也许还能买到运动衣、运动裤，甚至运动鞋。挑他们喜欢的、质地好的去买，不要按照你的时尚眼光来挑选。

一双舒服、透气的便鞋。对于爱溜达，每天都需要活动的老年人来说，鞋子再多都不算多。

一把木梳。选精致的檀木或者牛角的，既能用来梳头发，背面还能用来刮痧，起到按摩的功效。

一个剃须套装。让爸爸也享受一下年轻人用的须后水，等有钱了可以买更好的给他。

一套舒适的坐垫、靠垫。父母坐在上面看电视、上网，让他们尽量舒服些。

一个煮蛋器。这要看父母是不是有早餐时吃煮鸡蛋的习惯了，如果有，那么这个小电器很实用。同理，还有酸奶机，煲汤、煲粥专用的小电锅。

一瓶中等品牌的日霜或者乳液。妈妈那代人以艰苦朴素为美，她没有用过的你可以买给她用，甚至可以买给爸爸用。

一块漂亮的台布。盖在家里的旧桌子上，很能美化环境。

一个别致的花瓶。可以先在花瓶里插些仿真花，这样你平时隔三差五买给父母的花也有了安置之地。

一个放杂物的小格子、小架子或者小柜子，就看你能找到什么了，它会给家里创造出一个本来很乱现在却很整齐的角落。

换纱窗，清洗油烟机，找小时工来做一次彻底的大扫除，这些事情如果父母没做，你可以给他们个惊喜。

一次常规体检。看看他们现在身体的基本状况究竟怎么样。

一个计步器。方便父母锻炼身体。

一个家用血压计。同理，还有电子温度计。

一个质地不错、容量较大的旅行包。父母出门旅行的时候很容易携带。同理，还可以买轻巧的水壶、雨伞、雨衣、太阳镜、遮阳帽、简单的洗漱用品、拖鞋之类旅行时会用到的东西。

几个大容量的、漂亮的购物袋，能折叠就更好了。超市是父母经常去的地方，有了这些大口袋，他们拿东西会更方便。

一套比较好的菜刀和砧板。不用买过于昂贵的，但要换掉现在那套用了多年的。

一个音乐门铃，一盏小台灯，一个随手泡的茶壶，一张床上用的电脑桌，一面简易的穿衣镜，一个浇花用的喷壶，一套象棋，一盆家里没有的植物，一个花盆架子，一支不错的毛笔，一本字帖，一本乐谱，一本画册，跳舞用的扇子、彩带、小音箱，钓鱼时坐的折叠小凳子、戴的帽子、装鱼的网兜，健身用的拉力器、哑铃、绑腿沙袋……

100元钱以内同样可以买到很多不同的东西，让父母的生活变得更方便、更有趣。说"丰富多彩"这四个字的人很多，但真正的"丰富"和"多彩"是需要我们一点点创造出来的。

衣服和鞋子多了，父母就会愿意带着愉快的心情穿上新的衣服出门；经常去超市有点儿腻了，换个购物袋也许又有了新鲜感；家里有张铺了新桌布的桌子，有个花瓶，即使不装修也会带来一些新鲜、愉快的气氛。

对儿女来说，你真的省不出100元吗？就算你工资超低，那么至少5~10元钱也有很多选择。如果说你根本不想父母，也不管他们怎样生活也就算了，但口口声声说"我好想孝敬他们，只是没钱""我没时间也没精力""我不知道他们想要什么"的人就不要再说这些借口了，以上这些东西的价格会充分证明，生活中多一些便利和新鲜并不需要花费很多。

而且，即使你按照这个清单一一买来，也并不能说明是孝敬了父母。老人的需求是不一样的，每个人都应该根据自己父母的具体情况来为他们多提供一些生活上的便利。如果这些东西并不是他们需要的，你只是学别人去买，那就可能是浪费。

有可能你的经济条件很不错，对父母照顾得也很周到，那你可以考虑对他们常用的东西做个"升级"，床品、包包、鞋子、衣服都可以买品质更好的，有更多的预算可以出国旅行、装修、买房、买车，雇用保姆来做家政服务。但赚钱不多的人买了毛巾、袜子，得到的效果跟前者所做的并无区别。因为大多数父母的幸福感还是来自孩子发自内心的关怀和回报，而不在于物质的昂贵。

所以又回到开头所说的主题，对外物的追求永无止境，真正的幸福不是存在于物质中，而是体现在思考父母的需求、观察他们的生活，为他们真正找到舒适、便利、愉快的过程之中。

要论花费，相信此前的列表中的东西加到一起最多也不过几千块。那么，是不是你递给父母5000块就给父母买来了幸福呢？还是说你愿意仔细了解父母的生活，想到他们没有想到的和生活中真正需要的，自己去解决这些问题，给他们带来惊喜和享受，这样他们会感觉更好，更接近幸福呢？

有些人以为给了父母钱就已经尽到了赡养的义务。实际上，父母仍然孤独、寂寞，他们得来的钱经常被一些促销人员骗走，因为那些人愿意倾听他们，对他们百依百顺，所以他们会花钱去买一堆昂贵而不实用的产品，而自己的生活并没有得到什么改善。

从这个角度来说，是不是真的有钱、舍得花钱才能买来幸福呢？并非如此。把钱花在对的地方，真正深入到老年人生活的细节中，那么花再多也不嫌多。但如果买了东西并不实用，堆在家里落灰，实在不值得。

经济条件好的人可以多给父母物质上的照顾，让他们舒服、顺心；经济条件不好的人可以在一些小事上去关心、体贴父母。如果暂时处在低谷、失业在家，不但没有钱而且还要靠父母生活一段时间，那么千万不要消极颓废，振作起来，一方面，多做家务事给父母分忧；另一方面，要努力找工作，让父母放心，这也是把对父母的爱落在了实处。

人生之路有千万条，孝敬父母的方法也不会有统一标准。在我们小时候，父母的照顾、爱抚同样是发自内心的，并没有要求我们按照同样的分量来回报。等我们成年了，父母老去，同样的爱也应该散发出耀眼的光芒，照亮父母的心以及我们自己的心。

6_ "益友"还是"损友"

　　友情是单身者情感生活中不可缺少的一部分，没有朋友的人更容易陷入空虚、抑郁的情绪之中，有了朋友，生活会变得生动、有趣。朋友们组织的活动会让大家更亲近，更能感受到友情的温暖。在遇到困难时，朋友为你伸出的援助之手也格外有力，他们提供钱物不仅能帮你办成事情，而且这种支持和无私的奉献会让我们振奋。在悲伤、失望的时候，有了朋友的安慰也不会那么难过了，因为你知道，在这个世界上仍然有人关心你、喜爱你，愿意做你生活中亲近的人。

　　益友是我们生命中的阳光，而损友则是一场不合时宜的冷雨，先来判断一下，在朋友眼中你是"益友"还是"损友"呢？

在生活和工作上，你是否依赖成性，拿自己的朋友做拐杖？

　　有人习惯于依赖他人，在家要靠父母，在外面要靠同学、室友、同事、熟人。小到生活琐事，大到工作中的任务，通通想靠别人的帮助来完成。

"我们是朋友，你不会连这点儿小忙都不帮吧？"有人很难一口拒绝这样的要求，问题是要求、索取成了习惯，朋友成了他/她的助理、司机、厨子、保姆、秘书，如果人家稍有不快的表示，就会听到此人无理的评价："这算是什么朋友啊，真不讲义气！"

要知道，朋友的帮助本出于一颗无私、友爱的心，但不意味着人家就无所不能、有求必应，专门为你一个人提供私家服务。你不知感激别人，反而变本加厉让依赖成了习惯，那么你就是个地道的"损友"。

在情感世界中，你是不是地道的"受害者""情感吸血鬼"？

很多人都曾在深夜接到过朋友打来的电话，听他哭诉生活中，尤其是感情上的不幸遭遇，我们要穿着睡衣，一边熬过困倦，一边聆听那边无休止的抱怨："他/她为什么不爱我了，我对他/她那么好""他/她为什么那么说，我的心好痛"……

"受害者"永远站在一个被人伤害、痛苦万分的位置上，无论是生活小事，还是感情中的分分合合，他们都会感觉如临大敌，赶紧找个朋友来倾诉，至于朋友深夜是否受到了打扰，第二天是不是还要早起上班，他们才不管呢。在他们的世界中，自己才是最重要的。

"情感吸血鬼"要吸走身边人的积极力量，他们总是摆出一副"我太软弱、太痴情、太幼稚"的态度，拼命地把别人拖进他/她的感情世界，需要别人的鼓励、别人的建议、别人振奋人心的力量，而他们自己做了什么呢？什么也不做！

因为他们最需要的只是别人的关注而已。得到了关注，他们基本的情感需求就得到满足了，得到了安慰，他们就知道自己还可以继续对这个人提要求，继续得到关注。

他们是否会回应朋友的忠告、朋友对他/她的感情问题的意见和看法呢？不需要。他们愿意选择一个"软弱、痴情、矛盾"的角色来扮演，绝不肯轻易放弃。

他们有可能会在朋友的敦促下说"我要独立""我不会依赖别人了""我会好起来"，可是很快你就会发现，他们只是害怕失去朋友，害怕失去被关注的地位而已。

在经济上，你是欠债不还的人吗？

有人欠债会如坐针毡，一刻也不能耽搁，有人欠债不当一回事，说不定自己早就忘了。小到几十上百元，大到成千上万元，朋友愿意借钱给你，那是友情的表现，但私人债务的处理最能体现一个人的信用。

信用好的人会把欠债的事记住，及时还给朋友，甚至加上一些利息和礼物，表示对朋友急人所急的感谢。信用差的人今天拖明天，明天拖后天，拖到朋友不得不打电话催促，才肯面对这笔债务，很可能还会加上一大堆抱怨："怎么这个时候要我还钱？落井下石""明明他比我有钱多了，还这么抠门""早知道就不该跟这种人借，太小气了"……

借钱出去的朋友行事风格也有所不同，有人天性慷慨，愿意救人急难，宁可自己为难也不愿意让朋友失望；也有人只借一点点钱而已，却宣扬得全世界都知道。无论如何，愿意借钱给人是热心善举，都值得称赞。

聚会上也常常会发生类似的事，有人经济条件好些，就经常付钱，有人条件差些，付钱的次数少，本来大家都彼此宽容。但有这样的人，别人请客他会非常积极，带很多陌生人去参加，点很多好菜，自己请客时却再三节省，点菜要看他的脸色。

买礼物也是如此，别人送金银首饰给你做礼物，你还对方一个小化妆包，还是你用过了不喜欢的——这是不是很过分？

在金钱上面的来往，谁益谁损，可以看得一目了然。

你把朋友分成三六九等吗

有些人的价值观是非常功利的，在他们眼中，经济条件好、社会地位高的朋友就值得他们付出更多的时间和精力；对于条件不算很好，可能暂时处在低谷的朋友，他们不是冷落、怠慢，就是另眼相看。

真正的友情不受金钱、名利的限制，活得称心如意，固然会有很多人来做你的朋友，人生坎坷、不断努力的人也一样可以结交到真心的好朋友，关键在于我们付出了多少真诚、信任和尊重。

给你的朋友分了等级，你是哪个等级的呢？你付出多少是否要看对方赚多少钱、升到什么职位了呢？

不懂得尊重朋友的"势利眼"不配拥有好朋友，自己也是别人的"损友"。

你是个喜欢散布八卦、隐私的人吗？

有一种人是最应该反省却又不知反省的。他们心直口快，藏不住事，对别人的生活又过分关心，靠着好奇心不断发掘朋友的秘密，问到之后又不假思索地传播，丝毫不考虑后果。

"是非精"的同类是"刀子嘴"，虽然他们总是标榜自己有豆腐心，拜托，善良和爱心谁没有呢？而事实上，尖酸刻薄、拿损人当有趣的"刀子嘴"经常伤了别人的"豆腐心"。

世界上绝大多数的大事是因小事引起的，请多多反省自己的"传播能力"和"传播影响"，不要因为自己的一时痛快对朋友造成了伤害。

"刀子嘴"要记得我们的老话——"良言一句三冬暖，恶语伤人六月寒"，对朋友多说一些鼓励、肯定的话，朋友听了会心情舒畅，对你来说也是个增加人气的好办法。

你是经常对朋友说"不"，还是不敢对朋友说"不"

经常说"不"的人通常比较自私，他们只在乎自己的感受，很少考虑别人，他们的另一面就是以为别人的付出都是应该的，自己毫无感激之心。他们习惯拒绝别人，却不肯接受别人的拒绝。这种人在恋爱时表现得最明显，他们会很轻率地开始恋爱又很轻率地结束，因为他们只想享受别人的好，而不愿为别人承担任何责任。

不敢对朋友说"不"的人毫无原则，只知附和，不敢表达自己的想法，也不敢对人提要求，这样的人经常让朋友觉得无法真正了解他/她，也无法跟他/她进行真正的感情交流。他们很容易就会成为"受气包""被嘲笑的对象"，因为他们不敢说"不"，也不敢生气。

无论是自恋还是自卑，都不是好的交友心态。自信、阳光一些，愿意接受别人，跟朋友平等、愉快地交流，这是益友能做到的，损友则做不到。

要做一个有益于别人的人，而不是一个靠着损害别人、以朋友为无穷尽的免费资源的人。要远离那些仅仅是在利用你、拿你当跳板和工具，背地里散布你的隐私、损害你的名誉的人。

朋友之间需要信任和理解，朋友也会帮助我们成就很多事情，我们也要做能够信任和理解朋友的人，在朋友遇到挫折时，我们应给予无私的关爱。

人会遇到很多问题和麻烦，不要在低谷时才想到："我好孤独，我怎么连一个朋友都没有？"如果平时不跟朋友多交流、保持联系，那么在你需要朋友的时候，哪能从天而降一个朋友呢？

如果跟朋友只是吃吃喝喝，有些异性还要搞搞暧昧，最后你就会发现，酒肉朋友本来就是路人，暧昧的异性与你也没有友情啊，实际上只是一个对方填补空虚的游戏而已。

珍惜那些对你好、帮助你的人，绝不要因为任性、自私而伤害了别人。很多朋友会因为一句话、一件小事而反目。宽容点儿吧，不要为了脆弱的自尊失去难得的友谊。

友情是幸福很重要的一部分，有人很穷但有很多朋友，大家经常聚在一起谈天说地，虽然只是喝点儿清茶白水，但人人开怀，也没有什么利益纠纷，这样的幸福很实在。在很多隆重的场合，打扮光鲜的人在媒体面前合影说"我们是老朋友"，看似很亲热，一转身就互相倾轧，这样的友谊不会长久，也不会带来幸福的感觉。

在你悲伤时、在你寂寞时、在你失意时，友谊会为你撑起一把遮蔽风雨的伞；在你得意时、在你开心时、在你顺利时，请不要因为没有了风雨就把伞无情地丢弃。

因为，无论爱情还是友情，丢弃容易，再找回来就难了。

1明确了原则更容易交朋友。朋友知道彼此的脾气和喜好就比较能照顾对方的感受，不会轻易得罪人。

2有来有往，知道感激和回报的人更容易交朋友。友情无法衡量，但心意要表达到。不见得非要买什么贵重的礼物，有时一句好话胜过珠宝玉石。

3温和、宽容、有幽默感的人通常会有很多朋友，而如果你挑剔苛求、脾气暴躁，只会让朋友远离你。

4不要觉得结交职业、收入优于自己的人是高攀，也不要看不起暂时处在低谷的朋友。

5多跟朋友学习，从工作到为人处世，大家一起成长。

6朋友间可以互相指出错误，但不是以尖酸刻薄的方式。

7异性朋友当然有变成情侣的可能，千万不要因为"朋友都没得做"就暧昧好几年，耽误时间。

7_消极不会使你更特别

　　Sesa称自己为"长时间发呆有点儿颓废小清新的准文艺女青年"，是的，这是一个很流行的网络称呼，很多人以"文艺范儿"为荣。那么，什么才是真正的"文艺范儿"呢？

　　大致上说，就是大量阅读流行小说，多看点儿电影，听几首比较"小众"的歌，然后称自己是某个"不太红但超级有气质"的歌手的粉丝。帆布鞋对他们来说是必须的，手里最新的苹果电子产品也是必要装备，表情要无辜，要有刘海儿遮住自己的眼睛，"一看就是个有心事的人"。

　　"文艺范儿"不是用来创作文艺作品的，虽然这些人中的少数也可能发表过一两篇文章，但这个"范儿"、这个"调调"、这种"姿态"才是他们最喜欢的。

　　为什么呢？因为可以显得自己"特别"。有多特别呢？就是超越了物质层面，在精神上取得优越感的一种"特别"。

Sesa当然也看过一些心理学作品，是那种带有"灵性"概念的身心灵读物，逢人便说"某本书曾经如何说"，她也热衷于去处理别人的感情问题，虽然她经常解释得自相矛盾。她也会轻易崇拜某个比自己成熟的人，她遇到好人时，他/她就是她的"导师""指路灯"，遇到不好的人时她就会说"人间太虚伪、太丑恶，我是个容易受伤害的孩子"。

等自己遇到感情问题，Sesa永远会以一个悲情、伤感的形象出现，然后在博客上写上一堆诸如"我的爱就这样被熄灭了最后一点儿微光""心灵陷入了死亡一样的寒冷""最大的坚强是我的脆弱"之类的东西。

然后呢？然后就是无休止地颓废下去，每天发掘生命中各种不如意，除了咀嚼、交流痛苦之外，不肯做任何事。

Sesa每天更换自己的个性签名："发呆中""不想吃东西""持续绝食""黑暗无边""冰冷的水中吐着气泡"……以此吸引朋友的关心，她又很怕听到别人的安慰，于是改成"索性沉默到底""不爱了就是不爱了"。等到聚会时，她又成为一个不开心但假装很开心的人，疯狂地唱歌、喝酒，醉了之后到处乱抱同行的人。

Sesa是否有心理疾病呢？没有那么严重，她只是不肯正视自己的问题：内心的自卑和自恋，对更高、更好的精神世界充满向往，但不愿意付出具体的努力。

所以，她宁愿用"消极"来使自己"特别"一点儿。因为"受伤害"是惹人怜爱的，因为"颓废"是令人担心的，因为"痛苦"是需要安慰的，所以她想借由这些东西来换取人际关系上的优势地位：做一个被关注、被照顾、被呵护的对象。

消极会使你更特别吗？

不！消极只会夺走你本来拥有的力量，只会让你变成一个依赖别人的积极力量才可以生存的人。

很多人总是在可怜自己，总是努力把自己变成一个可怜巴巴的人，对"救世主"有着万般的期待，等着伴侣的出现，而伴侣一旦出现马上就牢牢地赖在对方身上，要求对方满足自己的一切要求——他们的理由永远是：我不过是要你多爱我一点儿。

这个"多爱一点儿"是非常自私又没有界限的东西，"多爱我一点儿""不能让我吃苦""宠我""呵护""把我捧在手心里"。也就是说，自己不承担任何责任，一切责任由别人去承担，自己只负责享受。

"悲观的受害者""颓废的文艺青年""自暴自弃的小女生""看破红尘的悲愤男"……消极是他们的共同标签，仿佛消极的姿态能让他们真的与众不同。相反，他们只是把自己的自私、幼稚、逃避责任表现得更加彻底。

远离那些消极的人，不要相信他们的说辞："我太善良、太软弱""我总是被人伤害，都是别人的错""我带着悲伤的宿命""我是个病孩子，渴望关心、渴望爱"……不要被类似的话蒙蔽眼睛，一厢情愿地奉献自己，每个人都应该对自己的生命负责，即使你想扮演救世主，也要先确定你拯救了自己才行。

不要做消极的人，放弃那些"我好可怜""我没救了""我一无是处、遍体鳞伤"的想法，每天告诉自己"我很好""我很爱自己""依靠自己的努力，我过得很幸福"，让积极的想法赶走消极的情绪，做一个阳光开朗、乐观向上的人。

改变自己的造型，一些所谓个性、时尚的灰暗衣服偶尔穿穿可以，不必整天穿一身"破洞装"和脏兮兮的球鞋到处走，适当选择一些色彩明亮的衣服来搭配，清爽、大方、干净，会让你保持愉快、轻松的好心情。

多去结交有幽默感、积极上进的朋友，大家在一起开开玩笑，讨论讨论工作和生活的心得。每年见证彼此的小变化，恋爱、结婚、生子、买房、买车，一步一个脚印地往前走。别再去看那些不知所云、满腹牢骚的博客，这些东西只会让你更阴暗、低沉，并没有激励你更好地前进。

做一个积极的人才是最酷的，做一个有所承担的人才是积极的。面带微笑努力生活才是幸福的人生。而你为什么一定要以不幸福的态度去面对生活呢？

1.保留一些有积极意义的书、杂志，放在你的床头，在你焦虑难眠时，让这些振奋的文章来安抚你那颗躁动的心。

2.学做一套最简单的健身操，如果情绪低落的话就锻炼一下吧，至少这是积极的行动，可以舒展你的身体，对你的健康有好处。

3.抽时间去公园里走走，在绿色的树丛和温暖的阳光下散步、沉思，你会获得更多力量。

4.选出一句你最常说的消极的话，比如"我不行""算了吧"，每次在想说的时候都努力改成"我能行""好的"。

5.不管什么事情，学会马上行动。看到了按摩的小诀窍也好，收拾杂物的攻略也好，马上就去做。如果早就想去吃一家店的招牌菜，马上去吃。

6.不要拒绝让自己愉快起来的机会，多去接近阳光、开朗的朋友。

多出去交往，扩大你的小世界

与别人分享一份幸福，就变成了好几份幸福

拥抱外面的世界，找到属于你的友
情和爱情。

1.［关于外貌：说说箱子里的那个人吧
2.］关于打扮：找到你缺少的那件衣服
3.］关于说话：要亮出来才行
4.］关于行动：组织一次聚会怎么样
5.］关于兴趣：你喜欢的，会带来喜欢你的
6.］关于礼物：关注别人的最好证明
7.］关于态度：会说「你好」，也要会说「再见」

1_关于外貌：说说镜子里的那个人吧

我内向，我胆子小，我喜欢安静……好吧，其实我一直觉得自己不够好看。

不够美或者不够帅的想法是一个绝好的借口，让我们觉得自己绝非交际场上受欢迎的人物，所以我们不想去参与交际，也常常会为与人交往所苦。

真的是这样吗？你真的是人群中比较不好看的那个人吗？

只要稍微留意，你就会惊奇地发现，身边的大多数人或者说至少一半以上的人对自己的外表都不满意。

"太胖""眼睛太小""牙齿不整齐""皮肤黑""个子矮""平胸""大头""谢顶""雀斑"……可以无休止地把自己认为的缺点列举下去。

这样下去的结果是什么呢？因外表产生自卑，因自卑害怕社交，自卑过头就会毫无安全感——最后成为一个永远觉得自己"丑陋""平庸""不配被爱""不配拥有好东西"的人。

这样的人其实不在少数。

Karen是个漂亮、苗条的女白领，当然这是在别人看来，她自己可从来不觉得自己漂亮，认为别人的赞美都是客套话。"我长什么样子自己还不知道吗？小腿还行，大腿太粗，皮肤不够白，还经常长痘，眼皮一个单一个双，不粘双眼皮胶都没办法活下去了，天哪，我要是再瘦10斤那该多好啊。"这是她经常说的话。

她来自一个管教严厉的教师家庭，自幼就听妈妈念叨"艰苦朴素"，从来没听到过父母对她外表的赞美，有一次她的表姐给了她一件没穿几次的时髦衣服，她刚穿上就听见妈妈说："什么怪样子！丑死了，赶紧脱下来。"

Karen工作后宁可省吃俭用也要买好衣服和好化妆品，为了减肥饿得发晕，很快她就变得时髦、漂亮，但她绝不满足于这些，她耳边时常回响起那句"什么怪样子"的评价。

对于恋爱对象，长得太帅的，她觉得配不上；不帅的，她觉得委屈自己。在社交场上，她身为一个漂亮姑娘，有很多人跟她搭讪表示友好，但她的眼睛总是看着别处，不敢看别人的眼睛。她特别害怕听到别人的评价，有人说她漂亮，她觉得不是真心话。有人说"某个姑娘有多漂亮"，她觉得是讽刺，暗示她不够漂亮。

Karen打算攒钱整容，给自己一个从未有过的高鼻梁来改变她本来就很漂亮的脸。

Laura在一所大学做教学管理工作，她相貌普通，但一向亲切、和善，能给人好感。对Laura来说，个子太矮是自己永远的痛，在社交场合中，她总是以穿高跟鞋的形象示人。

"每次有高个子的女生从我身边走过，我都羡慕死了，我这么矮，肯定找不到高个子的男朋友，可我就想找高个子的，会很有安全感。"Laura谈了两次恋爱，对象都是一米七五以上的瘦高型男，她每次都穿上12厘米以上的超高跟鞋去约会，累得要命。第一次是因为对方的家长觉得她个子不高，影响了他们的感情发展。但第二次她一边恋爱，一边对身高疑神疑鬼地猜测，让第二任男友彻底厌倦："好吧，我承认我不喜欢矮个子的女人行了吧？我就要找个一米六以上的行了吧。"

等第二任男友找了一个身高比她还矮1厘米的女朋友时，Laura差点儿当场大哭起来。

是的，很多人羞于交际，对于喜欢的对象没有信心，不敢大胆去追求，内心的自卑来自对自己外貌的不满。这样的自我否定会带来对其他方面的否定：我相貌不好，我性格也不好，我跟人相处不好，我没有好的工作，我的家庭有很多问题……总之，别人是不会喜欢一个一无是处的人的。

这样的想法会直接反映在行动中，相信你也看到过这样的情形：一个人在聚会时总是沉默着不说话，或者说话时结结巴巴、吞吞吐吐，或者是回避别人的问题，不敢说出自己真实的想法，语无伦次，顾左右而言他。

在恋爱中，自卑会让人缺乏安全感，没有对象时，觉得自己不配被爱；有了对象时，怀疑自己是否值得拥有一份完美的爱情，甚至有人会走上极端，对爱情求全责备——要求太高，只有这样自己才能安心，才不至于不断地怀疑这段感情是否有结果。

在成长的过程中，我们总是在说"要接受自己"。那么，接受自己的外表是一件必须做的事情。

你的外表来自父母的遗传，基因决定了你的样子，你应该好好跟自己的外貌和平共处。如果你对于外貌的不满意达到了一定程度，那么，现代社会关于保养、美容、健身的技术多得是，你完全可以通过后天的努力让自己拥有好身材、白皮肤、纤细的腰肢和双腿，甚至可以去整容。整容是改变容貌的捷径，跟别的很多事情一样，你也要承担相应的风险，比如疤痕、后遗症等。

这些事情是可以做到的。不少姑娘在参加工作后经历了"丑小鸭变天鹅"的过程，她们的想法决定了这样的结果，那就是：我要变得更漂亮，我要过得更好。于是，她们减肥、美容、健身，最后真的变得比从前更漂亮了。

这里又会出现新的问题：更漂亮就会过得更好吗？

回头来看Karen的想法，她困惑的根源其实来自"妈妈的不认可"，对美的追求被压抑，于是她走向了极端，在追求"更漂亮"的过程中充满了焦虑。

如果说她把心态放平，多给自己一些欣赏和鼓励，接受自己"已经足够漂亮"的外表，她会好过得多。

Laura也是一样，以她的教育经历完全可以了解到关于"身高"的数据，亚洲女人本来就不高，她只是一个"平均的大多数"而已。

发育期过去，身高已无法改变，但温和、开朗的性格，不错的工作，安稳的收入，这些一样可以令她产生自豪感，因此不必专门拿"我怎么这么矮"来为难自己。

所以，为相貌和身材困惑的单身朋友们，你们真正要做的事情应该是什么呢？是在减肥与否，要不要做双眼皮手术，增高鞋垫会不会被人看出来之类的想法中纠结，还是坦然接受自己的样子，高高兴兴地出门去逛街、喝茶，享受生活？

如果你最终渴望的是成功，那么请你仔细观察一下那些成功人士，他们是否都高大英俊，有着无可挑剔的外形并因此获得了事业上的成就？还是他们跟我们一样，外形其实并不完美，有不少人甚至其貌不扬？

如果你渴望的是幸福的生活，那么请你找个身边你认为过得很幸福、人际关系和谐、婚姻美满的人，是否这个人因为拥有明星一般的外形才得到了朋友和爱人？

相信你经过认真的观察和思考会得到相反的答案。一个人有多成功、多幸福，基本上跟他/她的相貌、身材没关系。当然，外形好可能会带来不少好处，但最终起决定作用的是这个人的内涵，是否把自己的想法付诸实践，是否以积极乐观的态度面对人生。

没有德行的美貌是转瞬即逝的，可是因为在你的美貌之中有一颗美好的心灵，所以你的美貌是永存的。

——莎士比亚

1.清理不愉快的评价记忆。有些人因为小时候不断被打击和贬低，造成对外貌没有信心。记住，你随时可以对自己说"你很好看，你很美"。说上1000次，那是你欠自己的。

2.找到自己的闪光点。也许你的眼睛很小，但你的嘴唇很漂亮。也许你的皮肤很黑，但你个子高、腰很细。也许你稍微胖了一点儿，但你牙齿洁白、头发乌黑。如果你不愿意看到自己美的一面，专门看不美的一面，那又怎么能叫"积极的生活态度"呢？

3.真想改变就去行动。减肥靠着少吃多动是一定可以实现的，皮肤靠着勤敷面膜也是可以变白的，牙齿不整齐去做个矫正就好了，头发少的你可以挑顶漂亮的假发去臭美。能做到的就马上去做，不要犹豫。

4.每天都要对着镜子笑几次，越多越好。习惯自己的笑容，习惯在微笑中放松自己，你就会渐渐走出困境。

5.昂首挺胸地走路。弯腰驼背是内心不自信的表现，调整你的姿态，整个人会比往常精神得多。

6.赞美别人的同时也要鼓励自己。看到美女或者帅哥，不要脱口而出："人家那么好看而我就……"你应该说："他/她的确很漂亮，我也不差！"

2_关于打扮：找到你缺少的那件衣服

女人的衣橱里永远缺少一件衣服，是这样吗？

在出门参加聚会之前，慌乱、寻找、比较、选择，这个过程必不可少。

等找好了衣服，又要研究口红、丝巾、皮包、鞋子、首饰，这些细节消耗时间和精力，让迟到成了家常便饭，她们认为"女人都是这样的""打扮好了见人是有礼貌""衣柜里总是少一件衣服"……

不，这不是真相，这只是为了掩饰自己过分注重外表的借口。的确，爱美是每个人的天性，但对修饰、打扮的过分关注往往会影响交际的本质。

你缺少的那件衣服其实叫"自信"。没搭配好的不是你的皮包，而是心态。

我不赞成买不耐穿的服装，这是我男性化的一面。我不希望人们因为春天已到就扔掉衣服。高雅不在于穿新裙子。人之所以高雅因为她本来就高雅，新裙子与高雅无关，穿一条短裙配一件羊毛衫也可以很高雅。

——时尚大师 香奈儿

带着轻松和自信的态度去交际，你放松，对方才不会有压力；你自信，魅力会自然而然地散发出来，并不是靠着昂贵的首饰、精致的妆容、价值上万的外套才能提升人气。

在交际时，确实需要关注一下衣着是否整洁得体，有些较隆重的场合可能也需要你穿件小礼服、化妆、戴首饰。但最重要的还是你内在散发出的信息：你想告诉别人什么？你想知道什么？你是一个愉快的人，还是一个时刻害怕自己的裙子不够漂亮的人？

所以，在钻研时尚美容礼仪的学问之前，请先增强自己的信心，带着轻松愉快的态度出门结交朋友。而不是把自己打扮得很华丽，一晚上都板着脸坐在角落里。

交际场合穿衣的常见错误

1.夸张和张扬都不是真实的你

有人觉得"我是个随性的人，大大咧咧"，于是穿着一身很旧、很脏的休闲服，蓬头垢面地去了朋友的生日会。你给人留下的印象是什么呢？除了邋遢再无其他。

"简单""朴素""随意"，这些词语与"邋遢"还是有区别的。

也有人觉得"我特别有个性，我要跟别人不一样"，所以梳着怪异的发型，打扮得像个摇滚乐手，穿着摩托车手的皮夹克，这样个性化的装扮，除非你真的是歌手或者拥有一辆摩托车，否则就会显得又土又傻，装酷从来都不是真正的酷。

还有人总在幻想"我是个大明星，我要惊艳出场"。你确实得到了关注，你以为的"惊艳"其实只是"惊吓"，你的明星造型跟大家的穿着格格不入，弄得大家都不自在。

在装扮上做一些修饰是无可厚非的，但千万别把自己搞成另一个人，不但自己不舒服，别人也会觉得你很假，在交际中不但不能帮你有所突破，反而会让别人对你产生一些不好的看法。

穿适合你的衣服，展示你本来的样子，如果场合比较正式就穿礼服，这些足够了。要知道，来参加活动的是你这个人，而不是你租来的燕尾服。

2.衣服跟场合不搭，好尴尬

Lydia是个很会打扮也很时尚的女律师，但她曾经犯过几次类似的错误：

有一次是直接从工作场合去了一个朋友的派对，结果大家都穿得很时尚，在跳舞，她穿了一身套装，脚踩高跟鞋，还夹着资料和公文包，只好喝点儿闷酒给大家看包、看衣服。

有一次是老板的邀请，他特地说要穿得漂亮一点儿，因为有几个重要的客户出席。Lydia精心化了个烟熏妆，穿上小礼服赴约，结果到了郊外的高尔夫球场才发现大家都穿着运动服。

还有一次是参加一个娱乐圈的朋友的聚会，她的周围都是年轻人，穿得很个性、很特别，她的淑女装扮让自己显得跟朋友们不是一代人。

参加活动前对服装的要求做一些询问是很有必要的，如果对方说"哦，我也不知道啊"，那你要问"你通常都穿什么"或者"都有什么身份和年纪的人在场"。

在自己的车里放一些能够改变服装风格的小衣物很重要，穿一条抹胸裙子加上一件小外套就可以出席商务场合，去掉外套就可以去唱歌跳舞，加一件小披肩，可以去参加同学会、生日会，或者相亲。

在公司放一双休闲鞋也很重要，如果你习惯穿休闲鞋，那么放一双高跟鞋会帮你应对一些突然接到的活动通知。

随身小包里带上化妆盒和口红，会让你随时保持得体的妆容。

当然，这些道具都是为了随机应变，不要让你在交际场上成为一个局外人。

3.追赶流行反而容易失去自我

最尴尬的场合是什么？越来越多的爱美人士会告诉你：是撞衫、撞包、撞鞋！

时尚风向多变，时尚类杂志的推波助澜让很多人的衣橱都成了流行衣物的批发市场。牛角扣大衣、雪纺娃娃衫、小西装流行时期人手一件，穿带流苏的靴子的人随时都能在大街上看到。

追逐时髦、热爱流行的结果就是聚会上经常有人穿了同样的衣服或裙子，名牌包包每人都有，背起来一点儿特色都没有。

请注意，在你穿某件衣服时别人说"我也有这么一件"。你看到别人的衣服时，"好巧，我的只是颜色跟你不一样"。甚至你跟另一个人成了"双胞胎"，连挂在脖子上的水晶小熊都是一样的。那么，你就该反省自己的品位了，追赶流行没有错，但人不能做流行的奴隶，不能因为杂志的推荐和宣传就必须要拥有某款衣服。

即使你有了很多人都有的单件衣物或者包包，那你也应该用不同的搭配来增强个性。你的穿着是一个整体，而不是一堆流行衣物的胡乱组合，更不是照着杂志上模特的穿法来复制。

模特穿长西装、短裤很好看，你也照样去做，却暴露了自己小腿短粗的问题；看到别人有格子衬衫你也去买，结果穿了之后显得自己很土气；网上宣传说某款包是明星的最爱，你也买来，可刚美了没多久就发现办公室里的女人个个都有这款包，大家一起背时还真是让人无语。

香奈儿女士说："时尚来去匆匆，只有风格是永恒的。"什么流行就穿什么，看似时髦，其实已经消磨了自己的穿衣个性，而且跟着流行跑，往往不能发挥自己的优点，反而穿得千篇一律，让人觉得很无趣。

4.名牌不代表品位和生活质量

Nancy最大的理想是把自己所有的A货都变成正品。她为了这个目标努力工作，勤奋储蓄，房子可以不买，但名牌衣服一定要买。

"我要对自己好一点儿啊，用了奢侈品，就觉得自己很会享受生活，很有自信，很有明星、贵妇的感觉啊。"Nancy这样说。

令她困惑的是名牌的新品出得太快，价格也太昂贵，掏光了钱包才勉强能买一件。还有，她即使穿了名牌也会被人问："是不是在某某市场买的？我也买了，才300块，你花了多少钱？"

衣服和配饰只是你外表的一部分，请注重内在的气质和舒适的程度，单纯追求名牌不但花费很大，而且遍地的"A货"、仿制品会让你来之不易的名牌衣物毫无特别之处。

不少名牌粉丝强调说，名牌的品质就是好，版型好，美观又实用，做工又精细……一大堆理由都无法解释这个问题：你穿了好看吗？很多名牌衣服是穿在欧美模特的身上才好看的，而名牌包人人都背，又怎么能显示出真正的美？

名牌所代表的高消费本来就是少数人才负担得起的。你穿名牌，并不代表你就拥有了与众不同的社会地位和身份，更不代表你就比别人更有品位。

品位是什么？有气质的人穿一件简单的风衣也会有她自己的特色。而深蓝色衬衫配上笔挺的西裤和皮鞋，相貌普通的男士也会显得英姿焕发。薪水很少的职场新人每月要穿一件连衣裙好几次，但每次搭配一条不一样的项链——银的、木头的、彩石的、珍珠的，也会给人新鲜的感觉。

如果说你穿的名牌衣服上面点缀着金灿灿的大Logo（商标），手上、脖子上又戴着明晃晃的金首饰，鞋子再配成金色的，这一身装备肯定很贵，但是俗气逼人，还不如直接把钞票穿在身上。

衣服是一个人没说出口的语言，是高雅还是庸俗，人们常常一看便知。

把名牌等同于生活质量的人要知道，名牌货也一样会脏、会残，你是否有这个经济实力去更新？而你坚持买名牌，除了"我好爱某个牌子"之外，你又是否真的给人留下了深刻的印象？

5.火辣过了头自己还不知道

Michelle在工作时经常听到这样的建议——

直接一点儿的人说："别把大腿露那么多，这里是办公室，不是浴室！"婉转的人则说："你冷不冷？加件外套多好啊。"

Michelle把这些意见一概当成笑话："土包子不懂得时尚，还看不得别人好，我年轻漂亮就爱这么穿。因为我有这么好的身材，才敢露出来给别人看。"

吊带背心、超短裙、网袜，低胸衣露乳沟，低腰裤露股沟，走在街上吸引大家的目光，在办公室里更是一道风景线。

Michelle参加聚会时常有人当场就对她热烈追求，她开始很高兴，觉得自己的魅力很大，后来才明白，别人把她看得轻浮、随便，认为很容易就能弄到手。

她很气愤："我内心可是很保守的，穿得性感怎么了？现在不是都主张性感才是美吗？"

Michelle有一次无意中听到朋友议论她，说她穿着太暴露简直像个"小姐"。这话让她心里难过极了，她只是喜欢漂亮衣服和赶时髦，也并没有做什么伤风败俗的事情，为什么要受到这样的批评呢？

当今社会人们观念开放，很多时尚的设计把性感放在首位来考虑。如果露得恰到好处，引人遐思，那确实是很性感的，但如果在日常生活中暴露太多，只会让别人觉得你这个人太轻佻，很可能在两性关系方面很豪放。

所以，在别人对你提出善意的建议时，请好好考虑自己的装扮是否有些露过了头，到了失礼的地步。

"性感是一种精神状态，是一种舒服的状态。性感是你爱自己最不可爱的时刻。"奥斯卡影后哈莉·贝瑞如是说。暴露绝不等同于性感，相反极容易走向低俗。性感是一种自信的态度、迷人的魅力，是在不经意间散发出来的。

1.追求新潮和流行不如追求质量和品位。只要是适合你的衣服，不要害怕反复穿。事实上，经常穿的衣服才会更加贴合你的身体，而且跟你本人的气质相衬。

2.无论男女，一套质地不错又合体的套装应该是最值得投资的。在重要的场合套装可以以不变应万变，在休闲的场合把套装拆开穿，会给人活泼大方的感觉。

3.女士少买新衣服，多买一些比较特别、质地好的小件首饰，或者花色丰富、设计感强的围巾；男士则多买一些领带和不同颜色的衬衫。随意搭配起来就会让自己的套装显得与众不同。

4.无论男女，包包不用太多，选择做工精良、质地好的产品，而不是"网购最潮""某杂志热烈推荐"。

5.无论在什么场合，衣服的色彩不宜太多，"圣诞树""调色板"只会给人眼花缭乱的印象，而不是记住你这个人。如果你适合某一种色彩，那么要以这个颜色为主色去搭配你的衣着，这样最容易形成你的穿衣风格。

6.对于正式场合，黑、灰、深蓝、米白、杏色基本都是适合的颜色。年轻人想穿得鲜艳一些也可以，但要注意色彩要纯正，稍有色差就会给人廉价、轻佻的感觉。

7.无论男女，都应该有一双款式大方的好鞋，舒适合脚，走路很方便，穿起来又很好看，这双鞋将会成为你最好的朋友，直到你找到了另一双百搭的好鞋为止。

3_关于说话：要说出来才行

沉默、语无伦次、言语乏味——我这个人不爱说话，我这个人不会说话，我这个人怕生，跟别人熟了之后我又喜欢乱说话……

请放心，绝不是只有你一个人这样。现在大家越来越注重沟通、表达，于是有越来越多的人苦恼自己说话的问题。

当时跟Mike一起来到这家高科技公司的人很多已经离开了，有的跳槽，还有的人创业成功，自己做了老板。Mike工作六年之后，仍然是个工程师。

Mike沉默寡言，除了必要的语言沟通以外，平时都靠邮件和聊天工具来交流工作。

"我小学时遇到一个很严厉的老师，不许我们上课说话，经常体罚、羞辱说话的人。等到上中学后我就变得沉默了，上大学时我的脸上全都是痘痘，不敢出去见人，更别说交女朋友了。"等毕业后开始了繁忙的软件开发工作，Mike更没有时间接触异性。在工作中，他经常因为"能不说就不说"而影响了跟同事的沟通。

他相了几次亲，他的相貌、职业、收入都很令对方满意，但是他总是不开口说话，实在让关系没办法进展，有一个相亲对象温柔亲切，经常打电话问候他，他心里其实很高兴，可嘴上却除了"嗯，还好""是啊，最近很忙"以外，再没有别的台词了。

当相亲对象不再打电话给他时，他犹豫了很久，过了两个星期才鼓起勇气给对方打电话，拨通之后，他想了半天只问出一句："最近好吗？"对方淡淡地说："很好，你呢？"两个人又无话可说了。

"我觉得我其实是个很有热情的人，也没有什么心理问题，但就是没有办法说出心里的想法，总觉得说出自己的想法后不知道别人会怎么看你，万一说得不好又不能修改了。"

为此，Mike参加活动时总是默默地给别人鼓掌，有业务演讲的机会他都让给了口才好的同事，自己单独面对领导或者女性时就会脸红，觉得压力很大。

交际场合说话时需要注意的事项

1.不要紧张，调整好自己的情绪、语速

说话略快、略慢或者略带地方口音都是没有问题的，但是既不能说得飞快，也不能半天说不出一句完整的话。

说得过快别人听不懂、听不清楚，结果你还要重复一遍。说得太慢，别人会跟着着急，跟你一样觉得压力很大。

不用担心略带地方口音，你并不是电视台的播音员，即使有人拿你的腔调和口音开玩笑，那也不是恶毒和刻薄，故意要伤害你的自尊心。你可以告诉他们，国外有不少名主持就是靠着自己的口音走红的，因为带点儿口音会让观众觉得很亲切，更能得到老乡们的支持。

2.说的内容要清楚

你想说的无非是某件事及对其的感受、看法，那么别把它们混在一起说，说事情就说事情，之后再来谈感受和看法。

比如说，在交际场合中你对一个漂亮姑娘很有兴趣，当听到她在说没看过某部电影，而这部电影是你的最爱时，你上前说，"你怎么可能没看过这部电影啊，这部电影多么好"——你的观点也许很深刻，但很有可能大家最关心的是这部电影到底演了什么。

如果你先说"这部电影我正好看过，是某某主演的一部文艺爱情片，里面有个情节很特别，女主人公在咖啡店遇到了前男友……"这样的细节叙述最能抓住你的听众，尤其是敏感、细腻的女性。

等讲完了故事，你再说点儿自己的感想，那肯定会给你加分，让对方觉得你这个人很有想法。

3.多赞美他人不是虚伪客套，而是发自内心的

很多人在交际场合只关注自己的感受，不太关注别人，也不懂得如何打破僵局去认识一个新朋友。

从一个小笑话、一句赞美开始，这是最好的开场白。比如说："你的包很漂亮，我觉得你挂在拉链上的小熊猫很好玩。"对方可能会说："谢谢，这还是我在成都旅游的时候买的。"你接着说："哦？你去过成都啊，我就是四川人。"这样大家就很顺利地谈了起来。

还有，你可以说"我听某某说起过你，他说你是公司里最出色的一位经理"，或者"我听某某说起过你，当年在大学里你可是校花"，或者"你的头发真好，我还以为你是广告模特呢"。

注意，只要你的赞美是真实的，那就必然有效，因为每个人都喜欢听到别人肯定自己的优点，而不是没来由地拍马屁。而且，你的赞美证明了你对这个人观察得很仔细，对他/她已经有了一点点了解，别人也会对你有兴趣，想跟你多说几句话。

千万不要硬着头皮说违心话，比如明明是个丰满的胖姑娘，你们也没什么深交，就赞美她说："你身材真好，我就喜欢胖胖的女生。"对方可能会很尴尬，给你个白眼。比如对方其实只是个销售员，你不断地叫人家"某总"，把他/她当成是大老板一样说些不着边际的恭维话，可能对方会敷衍你几句，也可能觉得你是在讽刺他。如果你说她"衣服穿得很得体"，他"某个业务做得很出色"，这样的赞美就很实在，也会让别人容易接受。

赞美和欣赏来自你有一颗能发现别人的优点的心，如果你什么都发现不了，那客套话说起来就味同嚼蜡。

4.百分之七十的倾听，百分之三十的倾诉

"哦，你不是要我说出来吗？你可不知道，我跟别人都是掏心掏肺的，我这个人哪，脾气特别直，还特别单纯，心地善良，容易相信别人，哎呀，这样的性格真让我吃亏！上次的某事、十年前的某事都证明了爱说话不好啊，你还说让我说出来，不行，那肯定是不行的！"

你发现，其实大多数人都认为自己"脾气直""性格单纯善良""容易相信别人，容易受伤害"，这时你是否会惊讶呢？大多数人只愿意倾诉，不想倾听，因为每个人的身上都有自恋的一面，大家只跟着自己的感受走，而不能好好倾听别人在说什么。

情侣和夫妻的吵架最能验证这一点，两个人对着吼一些莫名其妙的话，这根本不是沟通，而是要让自己的"气势"压倒对方。

在交际场合中，有些人觉得自己滔滔不绝，讲得眉飞色舞，一定很有魅力。其实不然，听众们往往最讨厌这个人"抢话""嘴快""自以为是"。

多去听听别人怎么说，加深对对方的了解，会让你的交流更深入，更有质量。

5.敢于提出更多要求

有很多书是专门针对"两性交往"的，但再多的窍门和技巧其核心只有一个：如何建立联系、推进关系。

简单地说，"建立"是你如何对一个有好感的异性表达好感；"推进"是你们有了初步的好感之后，如何让这样的关系更深入发展下去，向着热恋和结婚发展。

这两个步骤需要的勇气和信心大于技巧，这点对于男女都是一样的。

很多女人站在"我就是要被追求"的位置上，明明知道彼此都有好感，但她不敢去推进这段关系，于是错失良机；也有很多男人因害怕"她一定会拒绝我"就不敢表达心意，连"建立"这段关系的勇气都没有，留下的只有遗憾。

所以，大胆地走过去，说出自己的想法，建立起这个联系。保持联系，慢慢跟对方的生活有交集，彼此有了一定的了解，关系自然就往前推进了。要敢于要求，而不是被动、退缩、逃避。

当然，所谓的要求也不是无理取闹："每天必须发10条短信给我，早晚都要打电话来问安。"这样的要求毫无意义。

单身者总在抱怨感情生活的贫乏，要不就是沉溺在已经结束的感情中不能自拔，其实你应该走出去找到适合自己的对象，大方地把自己的交友愿望说出去。

　　你要对自己的感情负责，过去的请放手，未来的要好好追求，不能在消极颓废中磨灭自己的勇气，也不能一味地孤芳自赏，眼睛根本看不到别人。

　　喜欢一个人，欣赏一个人，这是一件很美好的事情，不要觉得说出来就降低了自己的"身份"，如果你始终把"说出口"当成一件羞耻的事，那你的选择范围就会极大地缩小，你只能在追求你、欣赏你的人群中去挑选对象，而这些对象往往又是你瞧不上的——因为你是被欣赏的一方，你自然而然地觉得自己高出别人一头。比你强、比你好的人呢？因为你不敢说，所以你交不上这样的朋友，更别说跟对方恋爱了。

1. 朗读会帮助你修正发音和语速，如果你真的觉得说话是自己的弱项而你想加强的话，朗读就是最好的自救法门。

2. 你可以在家练习几遍重要的内容，再到外面去说。

3. 预设几种别人的反应，如果对方很惊讶，有点儿气愤，或者根本不在意说你是"开玩笑"，那你分别应该怎么对待？不要想当然，一厢情愿地觉得对方就应该完全接受自己的话。

4. 可以考虑每天给朋友讲个小笑话。听众笑了没有？对方的笑点跟你的笑点是否一致？如果你能观察细致，那么你会明白更多东西。

5. 减少口头语。什么"哦""嗯""呢""这个"之类的口头语越少越好，像"有病啊""不厚道""去死"之类的话更不要脱口而出。

6. 说话要有重点。用一句话来强调你希望对方关注的东西和你真正想表达的意思，而不是东拉西扯词不达意。

4_关于行动：组织一次聚会怎么样

聚会将带给你更多的机会。当人和人聚集在一起时，很多你意想不到的事情都可能发生。

每天都把自己关在房间里看电视剧、玩游戏、做白日梦，和每天把自己打扮漂亮出去参加派对、认识新朋友，哪种做法能让你更有机会遇到你的知己、意中人，甚至是终身伴侣呢？

答案应该是很明显的吧。

请记住，即使是那些无话不谈、看似很贴心的异性网友，也必须在见了面之后才知道他是不是真的合适你。

来看看喜欢聚会的朋友遇到了哪些有趣的事。

Mandy是一位在朋友中很耀眼的"聚会女王"，因为她会唱歌、爱跳舞，打扮起来很漂亮，又喜欢出去玩。她有这么多的优点，想必可以早早找到好归宿吧。

的确有不少男人追求她，但约会一两次之后，新鲜感没有了，就没有下文了，他们又会在朋友圈子里寻找新的追求对象。毕竟年轻漂亮的姑娘不少，可不能因为一朵花而放弃了整座花园。

这是很多人的通病，很多人并不是抱着"我想找到好丈夫或好妻子"的态度去参加聚会的，他们多半是抱着"我来享乐""我想找到心动的感觉""碰碰运气好了"的态度。

Mandy在交际中并没有什么好的收获，只是让她觉得男人很可怕，他们都用下半身思考问题。而接触她的男性却觉得："好假，出来玩就要放得开，这么忽冷忽热的，说不定是个情场高手。"

但Martha却把自己在聚会时遇见另一半的成功经验告诉单身的女朋友们，她经常在自己租的小屋里举办聚会，大家一起动手做饭，或者准备一些茶点，一起看电影。

朋友们喜欢温柔的Martha，喜欢她热情的性格，也喜欢她温馨的小屋。

她的另一半本来是在失恋中被朋友拉去参加Martha的聚会，在那一瞬间他觉得这个房间、这个笑眯眯的女人就是他想拥有的一切。

同样，男性举办的聚会也可以吸引单身女郎，像一些很有创意的派对，比如白色派对，大家都穿白色衣服来玩，比如简单的化装舞会，再比如搞个家庭KTV，让大家都来唱歌跳舞。

除了让你的生活更丰富、有更好的人际关系之外，参加聚会还能让你找到好对象。

组织聚会的几个重点

1.要有热情、有信心，还要有一点儿有趣的小创意

有些聚会从头到尾主人不出现，即使这个聚会举办得再成功，主人也并没有很好地享受到交际的乐趣。还有的主人信心不够，用力过猛，反而会使聚会的气氛冷掉。

参加没有创意的聚会，大家很可能聚在一起吃吃喝喝就完了，但增添一些创意会让聚会令人难忘。

有一次去参加朋友的聚会，正赶上他们家的电用完了，于是大家纷纷下楼去买蜡烛，气氛一下子就浪漫了起来，那个烛光之夜成就了好几对情侣。

2.要把人数和彼此的关系考虑周到

拉上分手的前男友或前女友，即使大家还是朋友关系，也会显得非常尴尬，最好不要拉上他们一起出席聚会。某人和某人之间平素就有一些矛盾，万一在聚会中多喝几杯，两个人发生言语冲突甚至肢体冲突，那么聚会就变成了扰乱治安的事件，请防患于未然。

还有，男女数量的均衡也很重要。男性太多女性太少，会给人暧昧不明的感觉；女性太多男性太少，姑娘们会很自在，而男性朋友会觉得有点儿婆婆妈妈的。所以尽量做到男女均衡，最好每次都再找一些圈子外的人来参加，增加聚会的新鲜感。

3.食物是次要的，气氛是主要的

如果在聚会中大家重视的是"我能吃到什么"，那就不如直接找一家好的风味餐厅，专门去吃特色菜。大家重视的应该是"我能遇到什么人""我玩得是否开心"。

所以，不要在食物上花费太多钱，有人会很慷慨地把自己的聚会搞成美食大会，但其实你叫一份比萨，配上一杯碳酸饮料，也可以宾主尽欢。或者买一些点心、糖果，泡上一壶绿茶，再来一壶柠檬水，让朋友们带点儿水果来洗好切开，这也是个不错的聚会。

如果聚会的开支成为了你的负担，那是谁也不愿意看到的。不要为了自己的面子把食物准备得很丰盛，那可能会让你留住一群酒肉朋友，而不是你真正想结交的人。

可以通过弹吉他、玩游戏、唱唱歌跳跳舞活跃气氛，一起动手包饺子也很有趣，重要的是让大家感到放松、自然。最怕的是虽然食物很好吃，但主人这个不允许，那个也不让做，一群人默默地吃饭、默默地打牌，之后早早散场，这样的聚会下次不会再有人来了。

4.小细节会让朋友更自在

如果大家想互相留电话，除了互打手机以外，还可以找到笔和便笺。如果有人喝多了，家里已经准备好了醒酒茶。如果是寒冷干燥的天气，放一个加湿器，把空调温度调高，大家会觉得很温暖。如果是闺密大聚会，可以做一些女性的专属饮料：红枣茶、当归茶或者蜂蜜柚子茶之类。如果男性朋友较多，除了啤酒以外，几副扑克牌是一定要有的，说不定兴致来了，大家就变成了长期的牌友。

贴心的照顾会让大家觉得这个人做事很周到，有种宾至如归的感觉，好客的人甚至会准备几个睡袋，方便朋友们彻夜长谈。

这样的聚会即使是在简陋的小屋里举办，朋友们也愿意来。但如果是一个不顾及别人感受的人邀请了朋友们，目的只是为了让大家听他/她喋喋不休地诉苦，或者他请很多人只是为了某个自己最喜欢的人，以此来增加接近对方的机会，那也没什么意思。

5.打动你的心上人

不要错过在聚会上表现自己的时机，让你心仪的人看到你在家居和交友方面的才华，这容易使你得到对方的好评。

你也可以为你喜欢的对象专门设置一些节目，比如听说她喜欢音乐盒，你可以准备一个，作为她帮你烧菜的奖励送给她。比如他喜欢看老电影，你可以准备好几张收藏版的DVD，等他走时让他带上。如果彼此已经有了好感，聚会之后再还回去，那可是最浪漫的恋爱惊喜哟。

在现代社会，我们渐渐适应了坐在电脑前，用聊天工具、社交网站来保持着对别人的关注。其实，回到现实中组织一次聚会，你会发现自己将获得很多在网络上不能得到的信息。这个人的相貌、谈吐、兴趣爱好和日常的生活习惯，在面对面的谈话中所能得到的东西，跟文字和图片的表达完全不是一回事。

我们不主张单身男女变成"派对动物"，但是适当的聚会会让他们的生活丰富起来。

1聚会前定好时间、地点，记好联系人电话，这个公告你可以在小范围内传播，也可以一对一发布你的邀请，还可以效仿俱乐部的做法，给参加聚会的人手上盖个章。

2找一个热心、可靠的好助手，随时提醒你可能会忘记的事情，两个人就足够了，三个以上的组织者会因为意见不合而吵起来，不但浪费时间，而且会把事情搞砸。

3分工明确，你做计划，助手负责解决一部分琐事。另外，先到的人可以帮你切水果、洗菜、摆桌布，烦琐的事情大家一起动手是很容易完成的。

4挑选足够丰富的音乐。无论你的住所多么简陋，有了音乐就会显得非常温馨。多挑选一些节奏轻快、明朗的曲子，也许朋友们兴致来了想跳个舞呢。

5制造小高潮。可以给有才华的朋友安排表演的机会，比如唱歌、做个地板动作，还有人能做出最有趣的鬼脸，有人背着吉他来你怎么能不请他演奏？

聚会不要总是除了吃饭就是聊天，可以在气氛热烈时拍拍手，请大家安静，然后欣赏某个朋友的精彩表演。

6拒绝烈酒和药物。不要耳根子软，听别人说什么"不醉不归"，说"有了某些药物就可以玩到更疯"，完全没有必要把自己的聚会搞得复杂、暧昧，成了酒疯子和瘾君子的乐园。干净、轻松、欢乐，但不过分就可以了。

7.不要随便捉弄人。聚会时经常会出现一群人围攻一个人的场面，比如拍一些过分的照片啦，灌酒啦，比赛狂吃东西啦，做一些危险刺激的事情啦。很多意外就是这么发生的，想拥有激情没有错，但如果被激情冲昏了头脑，很可能会造成终生遗憾。

8.留几个人帮你收拾房子。你的朋友其实是很乐意帮助你的，你不要过于善良地把所有人都送走，自己收拾"残局"。朋友们一起洗碗、擦地、倒垃圾，小坐一会儿，往往还会谈得更开心呢。

9.如果你去参加聚会，记得带点儿小礼物。比如，一瓶水果酒、一包瓜子、一袋水果、一道你亲手做的菜、一束花，都会非常受欢迎。

5_关于兴趣：你喜欢的，会带来喜欢你的

上学时有多少人在漫画社团里交到了好朋友？太多了；有多少人在去参加英文培训课时认识了男朋友或女朋友？太多了；有多少人因为网络上的兴趣小组举行活动而找到了自己的真命天子？太多了。

兴趣爱好会带给你志同道合的朋友，而志趣相投、审美眼光一致，往往会给你带来很大的认同感。

经常听到有人这样说："哦，好欣赏某某人啊，我感觉他特别有才华，好了不起呀。"

等某人真的来到你身边，你会跟他谈些什么呢？你会发现自己书读得太少，更不懂得画画和摄影，体育运动方面的知识是零，唯一的爱好是窝在沙发里看爱情偶像剧——而这恰恰是他完全不感兴趣的。

那你们能聊些什么呢？这样的配对会产生什么样的后果呢？

是的，到最后你觉得"因为我可爱，我性格好，我千依百顺"——就凭这些你觉得自己可以征服任何一个人？有这样的可能，但更大的可能是他转身跟另一个同样是阿根廷球迷的女同事成了情侣，因为他打算找个人跟他一起看马上到来的世界杯。

兴趣会引领我们的生活，兴趣可能会让我们成为某个行业中的专业人士，从而让我们从原本的工作中顺利地脱身，真正从事自己喜欢的职业，比如摄影、写作、设计、电影、表演。在这些文艺职业的从业者中，很多人的本行可能是会计、工程师、秘书、服务员、老师等，但他们靠着自己的坚持、热情和创造力，让自己在本行之外成为了摄影师、作家、演员、设计师、电影导演或编剧……

即使不能做专业人士，兴趣也会让我们的生活变得丰富有趣。比如户外运动，不是所有的户外运动者都能成为专业的登山家、自行车运动员，但是大家可以背起帐篷，一起去跋山涉水，欣赏大自然的风景，锻炼身体和意志；再比如舞蹈和瑜伽，并不是说每个爱好者最后都能成为专业老师并开班授课，但是对身体线条的塑造，对美的追求，对身体的精雕细琢，一定会在这样的爱好中逐渐显现出来；也有人热爱收藏，那么即使他不能成为收藏家，也许几年之后藏品就会增值。

交朋友其实很简单，有可能只是说一句"我也喜欢打网球"，对方就会说："真的吗？那我们约时间来一局吧。"这样的约会多么顺理成章。

太多的单身者坐在家里抱怨朋友太难交，生活太寂寞，却没有想过发掘自己对生活中的美好事物的追求。要知道，即使你养只宠物，也会在小区里遇到跟你有一样兴趣的人，也许多聊几句，你们就会发现生活中的交集。

太多的人只是在那里感叹梦想的遥远，抱怨家人或者学校阻碍了自己对梦想的追求，但成年之后有了收入和自由，却不敢也懒得去坚持自己的梦想，那又能怪谁呢？

推荐一些最适合单身者的兴趣爱好，请马上培养，尽快行动

1.音乐

弹琴和唱歌 请不要觉得从小没有学习机会就成了永远的遗憾。其实很多音乐老师更愿意教成年学生，因为他们思维清晰、阅历丰富，更容易理解老师教授的技巧。不要对自己有太高的要求，想清楚学习的目标，比如唱歌就是学成业余高手，不至于在朋友的聚会中出丑；弹琴的话，就是懂得一些基本的指法，让自己能够顺畅地弹出一些难度不高又很动听的曲子。只要有专业的老师指导，这样的标准其实是不难达到的。

学习别的乐器 如果你已经了解了吉他、长笛、黑管、小提琴的演奏方法，当年只是因为某些原因荒废了，那么你随时可以抱着心爱的乐器去公园或者小区安静的角落练习。演奏乐器靠的是熟能生巧，也许有一天你的演奏会让周围的人惊艳，邀请你在朋友的生日会或婚礼上表演。

创作乐曲 这是一个很好却很难的爱好，肯定要持之以恒地练习，如果工作压力很大，那么不断地创作乐曲、哼唱自己的新歌，无疑是个减压的好方法。

当你的创作有了一定的基础，肯定会被人注意的，比如在公司的年会上表演，或者在你常去的酒吧里露一手博得喝彩，或者干脆在你经常去的音乐论坛上找到几个知心朋友组成乐队。

是的，我们可能不会有做大明星的机会，但是那又如何？对音乐

的热爱可以陪伴我们的一生。

2.读书/观影/写作

随便去搜索一本你一直很喜爱的书，或者是你在中学时代最喜欢的杂志、你看过的电影、念念不忘的电视剧，你会惊喜地发现很多搜索结果，这证明世界上有很多人和你一样，在内心珍藏着相同的感受和记忆。

所以，经由这样的共同点，你往往会找到在精神世界中与你有共鸣的人。现在网络中类似的小组有很多，大家在社交网站上以小组的形式在聊天工具上建立一个个的群，在里面聊各种话题并分享感受，落实到现实中，会有一些热心人组织读书会、观影会，之后大家再写读后感和观后感来分享。

通过这样的活动不但能够使你认识很多朋友，还可以交流思想。热爱写作的人也会得到有效的锻炼。

在网络上，有不少人是被编辑发掘出来的，因此成为专业或者准专业的撰稿人，这难道不是很好的事情吗？如果你把自己的感受和经历都放在心里，对谁都是一副看不起的样子，每天悲叹自己的"怀才不遇"，那么你可能成为作家的潜质就会被埋没掉。

3.旅游和摄影

对旅游的向往不要停留在"有钱的时候没时间，有时间的时候没钱"这一想法上。旅游跟其他所有的事情一样在于行动。没钱的时候，可以靠着几百块的预算，只付车费和青年旅社的费用，做一个潇洒的背包客。有钱的时候，可以多申请几天年假，从东南亚到欧洲，诸多旅游线路你都可选择。

在全球旅游业都被过度开发的今天，交通异常便利，网络上也有无数详细的攻略，如果想出发，找几个同城的单身朋友，大家在一起既热闹又可以分担费用，出去开阔开阔眼界，何乐而不为呢？

也有越来越多的人把摄影当成生活的一部分，尤其是在旅途中拍下只属于自己的那片风景，也是一件有情趣的事。

好吧，如果你还是抱怨预算不够，那么夏天约上朋友到免费公园里去拍盛开的荷花，秋天去拍金黄的落叶，这些总该没问题了吧？

请不要把设备、预算、旅行的舒适程度作为问题提出，这些东西永远是多有多用，少有少用。

4.时尚/烹调/手工

本书在前面举过例子，有人因为衣服搭配得好而被网友追捧为"时尚红人"，因此成为时尚杂志的编辑。同样，也有人由于自己烹调的美食被论坛上的网友交口称赞，因此得到平面媒体的诸多认可。

手工在大批工业制品盛行的今天正在缓慢地回热，网络上有很多人自己动手制作衣服和包包、做木工、打家具。一方面，充实了自己的业余生活；另一方面，实现了自己的创意，其中的成就感无可替代。

过程并没有任何特别之处。首先是确定你的爱好，接着多去搜集资料，然后可以参加相应的网络团体或者专业性的论坛，最后是讨论、交流、请教，并展示自己的作品，那么也许下一个网络达人就是你。

这些领域中的"红人"更新很快，即使不能得到更多的关注，增加一些生活上的知识，多学几道菜，学学穿衣打扮，亲手做一个木头盒子来盛放自己的小杂物，不是也很好吗？

5.各种公益活动

公益活动的种类很多，有捐献旧衣服的，有给民工子弟补课的，有做小额募捐的，然后购买文具用品送到贫困地区的，还有去敬老院陪伴孤寡老人的，去海滩和旅游景点收集垃圾保护环境的，在网上呼吁大家善待流浪动物，或者线下义务收养流浪动物的……总之，各种公益活动真是太多了。

如果你有足够的时间和爱心，那么参加一些你感兴趣的公益活动，做义工献出一份力量，那也是对社会的回报，会让自己的内心很充实。

6.其他爱好

运动、舞蹈、武术、魔术、书法、绘画、篆刻、话剧、朗诵、配音、音频制作、平面设计、调酒、茶艺、插花、园艺……

集邮不算冷门，但是数十年如一日地收集贴画、糖纸、烟盒的人就很少见，甚至还有人收集洋娃娃、橡皮，一些商品在各个年代的包装。

你能找到与你有相同兴趣的人，不要浪费了自己的天分和对艺术的向往，在同城认识一些志趣相投的人，大家会相处得很愉快。

你坚持说"我对这些事情毫无兴趣，我只想待在家里睡觉、吃饭、上网，连工作也不想做"——如果你是这样的人，那你为什么还要抱怨生活的无趣呢？明明就是你自己把本来可以很丰富的生活变得毫无趣味。

找出一种爱好并为之努力，一方面，你会享受到沉浸于其中的愉快；另一方面，你的爱好也会带你认识与你有共同爱好的人，丰富你的人际关系。当你不开心时，全身心地投入到自己的兴趣中去是转移注意力的好方法。

有了一种兴趣，你等于有了一个终生相伴的朋友，寂寞时得到安慰，空虚时得到充实，你投入时间和努力，你的兴趣也会回报你，这是最好的精神投资，请不要忽视。

1.给兴趣留出时间。不要只知道朝九晚五地上班，回家就靠上网混日子，留一小时给自己，写写大字，弹弹琴，做做手工，写点儿描述心情之类的文字，时间需要你合理安排。

2.设置一些阶段性小目标。不要求你马上学会作曲，但你可以把自己每天都哼唱的某段旋律记录下来；不要求你一天就写出一部小说，但你可以把灵感写下来，每天都多写一点点。没有人要求你要做个优秀的裁缝，你先给洋娃娃做件小衣服好了。一周之内，先把事情做完，三周之内，你很可能就会把某件事做好。目标小，比较容易实现，就算实现不了也没有关系，你可以去做别的。

3."发表"你的作品。你拍摄了三年的照片，不见得会上报纸杂志，但你完全可以精选一些，发个帖子跟网友分享。你自己做的手工、学会的新菜式也可以作为礼物送给朋友。你自己写的小说，可能出版商没有兴趣，但你打印出来装订成册，不是个很好的纪念吗？珍惜自己的创造力，珍惜自己努力的成果。

4.主动寻找并结交同好的朋友。在网络上，因为相同的兴趣爱好结缘的朋友太多了，你完全可以找到最适合自己的那群人。

5.多去请教一些专业人士，他们会给你很多指导。专业人士指点你一两招，也许你就会成为明天的专业人士。

6_关于礼物：关注别人的最好证明

他从不肯送礼物给我。

纪念日他竟然忘了送礼物！

他送我的礼物我没一样喜欢的！

这样的抱怨与世界上大多数抱怨一样，总是似曾相识。通常来说，女性比较喜欢用小礼物来表达自己对亲近的人的关怀和爱意，她们会多动脑筋，琢磨对方的喜好、需要，即使买一条领带、一个镜框，她们也要在颜色上费尽心思——这心思是否有用？不见得，但对她们来说是重要的，她们觉得这样就表达了足够的关心。

男性则相反，他们觉得小礼物婆婆妈妈的，即使要送也不想浪费时间，他们宁愿在女朋友面前规划未来：等我发了财，给你买钻石、买大房子。殊不知，女朋友其实只希望他现在多注意她的存在，哪怕送一条最便宜的珍珠项链，也胜过20年后送的大房子和钻石。

对礼物的看法最能确切地表现出两个人的差异性，很少有人送礼物正好符合对方的心意，是对方想要的东西。所以，最好的朋友之间往往是事先告诉对方：我喜欢某某东西，今年生日你就送我这个好啦。

总的来说，即使是在网络盛行的今天，赠送礼物仍然是维持人际关系的最佳润滑剂，但这一事实常常被忽视。

单身的朋友会很在乎"别人送我什么礼物""某人有没有送我礼物"，但是自己送出去的却往往是"我想要的礼物""我以为他/她会喜欢的礼物"。

送礼之前需要充分地了解对方。否则，送出去的不是礼物，而是负担。

送礼物不是一件"自以为是"的事，有人以为送给女朋友一条粗粗的金项链她就会喜欢，但她还是戴着自己喜欢的细细的白金项链——如果对她的审美趣味毫无了解，怎么能送出对方喜欢的礼物呢？也有人送给男朋友昂贵的名牌毛衣，但他只是被她强迫着才愿意穿上，因为他还是觉得厚厚的套头毛衣更舒适，她只是把他当成了一个大号洋娃娃来打扮，还满心委屈："我对你多好啊，我多舍得花钱打扮你啊，你还不领情，哼！"

买礼物应该注意的事

1.让"价值"大于"价格"

冬天送一双优质、温暖的真皮手套好过直接送500块的商场购物卡。礼物的意义和用途应该是第一位的，而不是礼物到底值多少钱。

这一点对单身男人来说尤其重要，他们往往会看不起那些简单、廉价的礼物，认为自己要么就不送，要么就送一些贵重物品来表达心意，而在现实中，他们的消费观却是拘谨和乏味的。

比如对于女朋友的生日和两个人的纪念日，他们可能会认为，到外面吃一顿300块钱的饭实在太不划算了，还不如叫个外卖，在家里边吃边看电影来得实惠。他们不会理解，这一天的实际意义是可以让女朋友打扮得很漂亮，穿上不经常穿的礼服，跟自己的爱人共度一个浪漫的夜晚。

浪漫不必每天都有，但是在一些特别的日子里，做点儿浪漫的事情还是有必要的。

有人做得很好，不必花几百块钱出去吃，而是自己提前买好材料，做好饭菜，买好花，在女朋友下班回家时送上惊喜，那也是很有意义的。

礼物的意义不在于虚荣，而在于真实的感动。

2.对的礼物送给对的人

同样是送条围巾，你送艳俗的大花朵图案的给一位有文艺气质的姑娘就不大合适，年轻、活泼的小妹妹也不喜欢那种庄重老成的素色。喜欢运动装的男人，你买的袖扣他要戴在哪里？喜欢听民歌和革命歌曲的老爸，你最好别送一些摇滚和流行音乐的碟片去折磨他。

为这个人找一份只适合他/她、专属于他/她的礼物，非常必要。

可以送他一把男士专用的商务雨伞。他如果说："我从来不打伞。"你可以告诉他："可以把它放在你车里的，又不麻烦。"那么，在雨雪天气，他会明白你的体贴和关怀。

可以送她一个精致漂亮的U盘，上面印的是她最喜欢的Hello Kitty的图案，提醒她把电脑里重要的文件备份一下。在她因为粗心丢了自己该保存的东西时，U盘会真正帮到她。

可以送刚上大学的妹妹一本关于人生哲学、心灵建设的书，伴随她度过初上大学时的迷惘期。

秋冬时，可以给失恋的女朋友送一床舒适的蚕丝被，告诉她友谊就像蚕丝被，会包裹、温暖她受伤的心。

炎热的夏天，可以送轻便的小风扇给朋友，希望他们无论是出差还是在家，都能享受到凉爽的风。

给经常出差的人送个品质优良的电吹风是个不错的选择。当然，要提前知道他们是不是已经有了这个装备。

在朋友出国前送一些有中国特色的小纪念品，他们可以带到国外去转赠他人。

如果对方是家里有孩子的年长同事，而且家境富裕，就干脆送一箱水果，也很能表达情意。如果对方没有太多的钱，送一小盆绿色植物也很讨人喜欢。

减肥的人喜欢的是小型健身用品，而不是一大盒巧克力。热爱户外运动的人，在一个轻便的运动水壶和一瓶香水之间，他/她多半会选择前者。你送一大桶食用油给时髦女郎，她可能只好苦笑，因为她觉得这还不如一小瓶指甲油。而老阿姨则会舍弃昂贵的化妆品，高兴地选择一大桶食用油。

……

送对了礼物，你和对方之间的情感交流会更深入一步；送错了礼物，你只是给对方家里又添了一样无用之物。

3.礼物不要带来误会

在工作中有位年长的女同事处处照顾Ruby，这位姐姐人品好，人缘也非常好，在她的生日聚会上，大家纷纷献上礼物。结果拆开Ruby的礼物时，大家有瞬间冷场的感觉——漂亮的盒子里是一个小闹钟。

"送钟"是"送终"的谐音，Ruby从来没有听说过。她只是在一次闲聊中听这位姐姐说前几天闹钟坏掉了，就改用手机定闹钟，但经常叫不醒自己，所以她就精心挑选了一个漂亮的小闹钟，表示谢意和关心，完全没有想过有这层含义。

女同事为人很大方，笑着收下了礼物，但是此后Ruby不止一次地听到朋友对她的提醒，每提醒一次都让她觉得好惭愧。虽然她真诚地道了歉，但这样的事情如果没发生过该多好啊。

Vicky也受过礼物的误导，朋友中有一位她很心仪的男士，虽然关系处得很好但她不敢表达自己对他的仰慕之情。结果有一天，她忽然收到了快递送来的玫瑰花，捧着玫瑰的她既激动又开心，写了一封邮件对他表明心曲。不料这花是他出差去云南看到那边的鲜花实在太便宜了，于是就买了很多分赠给女性朋友。

Vicky知道这个消息后如雷轰顶，但发出的邮件收不回了，她只好发短信跟他解释这个误会，对方也婉转地表示了自己另有喜欢的人，就要从国外回来了。

还有一个例子是流行的"整人玩具"，赠送的人的出发点当然是为了搞笑，但如果对方不是跟你一样觉得有趣的话，可能会搞砸。一条仿真蛇，一个能发出放屁声音的坐垫，也许你自己会捧腹大笑，别人可不见得也一样喜欢。

礼物承载着朋友的祝福和善意，但一定不要透露出暧昧的信息。如果有什么特别用意，最好当面说清楚，比如告白，那就不要暗示，省去理解上的偏差。要注意到人和人之间的界限，内衣、内裤之类的礼物通常只有情侣和夫妻才互相赠送，普通朋友之间就不要送了。也要注意别人的禁忌和一些社交上起码的常识，不能单纯地认为自己觉得好就行了。

如果是重要的人和事，找几个朋友帮你参谋一下你的礼物是否合适，是很有必要的。

4.大多数人会喜欢的礼物

送礼物最好的办法是对接收礼物的人有细心的观察，如果没有的话，有一些礼物应该是大多数人都会喜欢的。

食品类：吃完就没了，不会被放在角落里落灰。

糖果、点心、茶叶、咖啡、时令水果、海鲜、某地的特产，比如宣威火腿等。

买食品的话请注意时令和季节，包装也要稍微漂亮一点儿，不然不能体现你的重视。食品作为礼物并不老土，反而是很实惠的选择，在礼品篮上插个卡片，简短地说明自己的谢意和祝福，那是锦上添花。

衣饰类：这是女性朋友比较喜欢的礼物，包括化妆品。

围巾、帽子、腰带、项链、耳环、戒指、手镯等小饰物，鲜明闪亮的色彩、简洁的设计，会是大多数时尚女郎喜爱的礼品。

买这些礼品之前要对朋友的口味有所了解，送一样她喜欢却又错过没买的小东西，最能显示出你的体贴。

实用物品类：男女老少都会用到的，自己不用家人也可以用。

比如相框、漂亮可折叠的环保袋、酸奶机、煮蛋器、加湿器、干衣机、卷发器等实用型小家电。一套造型精美的陶瓷餐具、一套毛巾浴巾的套装、床上用品四件套、电子相框、MP3/MP4、移动硬盘……

这些东西在居家生活中是随时可以用到的，对方可自己使用，如果家里已经有了，他们也可以转赠他人，一样是好礼物。

异国纪念品：带着异域风情的纪念物，里面如果有故事就更受欢迎了。

夏威夷的贝壳项链、俄罗斯的套娃、尼泊尔的首饰盒、马来西亚的锡器……除这些之外，还可以到当地的小店中寻找一些很特别的艺术品，如图画、雕刻、小件饰品、小摆设。

要注意仔细观察你千山万水买回来，还要作为礼物送人的纪念品。要知道有很多国家的旅游纪念品都是在中国批量生产的，如果被人发现你送的异国纪念品上面有" made in china"（中国制造）的标志，可就不好了。

健身文化类：随着大家对健康的关注，健身用品也成了很好的礼物。

跳绳、拉力器、瑜伽垫、健身球、哑铃、计步器、健身操或健身舞的光碟，如果熟知对方的身材，赠送一套漂亮的运动服也不错。一些名著、经典电影套装、家用的卡拉OK系统，都会丰富大家的文化生活。

如果对方喜欢国学的话，送套笔墨纸砚也是不错的选择。

5.收到礼物记得感恩

有不少在交际中很出风头的人，他们往往是小圈子的中心，所以在收到很多礼物证明自己非常受欢迎之后，他们往往会忘记对方，也不记得还礼这件事。而别人送来的礼物被漫不经心地对待，有些甚至连包装都没拆开就转送给小圈子中的其他人，这样真的很不好。

其实，礼物不是包红包的人情债，不需要每天念念不忘你送了谁多少，谁还欠你什么。但是，我们在收到对方的礼物时，首先要感谢对方的善意，现代社会对礼仪的要求虽然降低了很多，但道谢是必要的，能还礼的话尽量还礼，让自己的好意传播出去，你的人际关系会因此更稳固。

如果收到的礼物不好处理，你可以考虑在年底赠送给帮助过你、对你很友善的同事、客户、邻居。只要彼此的交际圈没有交叉，那么这样的处理就是可行的。

不要因为别人送了礼物给你却不知该如何回报而感到忐忑不安，无论钱多钱少，你都可以选择一样对方喜爱的东西回礼，或者是为对方适当地帮一点儿小忙，这样的做法也是你感恩知礼的表示。

不要太着急回礼，那会让别人有点儿尴尬，礼物并不是等价交换，你可以选择一些比较特别的日子，或者在去对方家里的时候带上你的礼物，这样就显得很自然。

有感恩之心的人，他们的心是柔软的，与周围的人的关系也是柔软的。你的感恩之心也会带来更多的朋友，让你的人际关系更和谐。

礼物是人际交往中一个很微妙的道具，用好这个道具，你会拥有更好的交流和沟通能力。君子之交淡如水，那没有错；吃吃喝喝也可以；坚决不为了礼物劳神，那也可以。但是，礼物会成为友谊的记录，也会很快消除人与人之间的屏障。

所以，去尝试送点儿礼物给别人，也接受别人的礼物，一样是生活中的小幸福。

7_关于态度：会说"你好"，也要会说"再见"

如何去建立自己的交际圈呢？没那么难啦。

方法有很多种，可能你认识了某个圈子的人，他介绍你加入进去，也可能是你自己积极地联络一些有共同兴趣的朋友，让大家自然形成一个朋友圈，也可能是你由于自己的工作和兴趣爱好的关系，结识了一些志同道合的朋友。这些都是有可能发生的，关键在于你要真的愿意去寻找机会、发现机会，随时准备对某个陌生人说"你好"。

不能一边坐在家里上网，一边悲叹自己没有朋友；一边看不起周围的人，抱怨周围的人都没有眼光，一边又害怕孤独寂寞——谁会喜欢这样的人呢？

不能胆小、自卑，自己先封死了通往内心的路，成为一个别人眼中的"怪人"。也不要为了彰显个性，在交际中说一大堆不着边际的话，引起众人的反感，甚至得罪了人，自己却毫无察觉。

懂得平等，愿意分享和倾听的人会赢得朋友，因为大家觉得你值得信赖。

有幽默感、愿意降低身份、喜欢搞笑的人也会有很多朋友，因为大家觉得你是"开心果"，很可亲。

感恩知礼、热情诚恳的人也会有不少朋友，因为大家都希望自己能得到回报。

喜欢学习、喜欢发现新鲜事物、保持着好奇心和童心的人也容易交到朋友，因为大家总想听听你对生活不一样的看法。

有才华、有一技之长的人也会得到关注，你的能力是吸引关注的焦点，但在保持人际关系方面还要好好加油，不能恃才傲物、看低别人，那样你很可能会招来一些只是利用你的人。

……

这些只是性格的某一方面，很可能因为这些特质，你就会吸引朋友，也可能因为别人的这些特质，你会被吸引，当然这也需要你具有欣赏和发现的能力。

当你引起了别人的注意，或者被别人吸引时，如何开始一段积极的交往呢？

1.要到对方的联系方式

很多人总是为姿态绞尽脑汁，生怕自己露出积极主动的意向，而被人小看。女性朋友更是坚持"要被追求，而不是主动去追求""不好意思主动"。多少人就这样错失了自己的最佳对象，多少人因为在意这个"追还是被追"的姿态而白白浪费时机？

很多年以后，你看着当年心仪的他/她陪着伴侣从你身边走过，你是否也会回想起，明明你们之间很有感觉却因为没有开口而错失了这样的机会？

其实无论男女，对一个人很有感觉，直接去要联系方式就是最好的建立联系的办法，只要你们之间真的有火花，对方就会很愉快地提供其联系方式给你，这样的开始不是很好吗？为什么一定要纠结，为了如何要到联系方式而好几个星期睡不着觉呢？

想要稍微含蓄点儿的话，就请你们共同的朋友来搭桥，说出你的想法，这也很容易办到。

太多的人为交际的第一步找了好多借口，生怕被别人以为自己降低了身段，又怕对方觉得自己太热情，追求的用意太明显。还有很多细节上的处理都是用来捆住自己，不让自己去多认识别人的方法。

交际的真相的就是建立人与人之间的联系，是否愿意深入那是建立联系之后的事情，是否能够转化成爱情也是增进了关系之后的事，这些递进关系如果没有交换联系方式的第一步，就不可能存在。

2.寻找你和对方的异同点

这也是一个在交际和恋爱中常有的困惑：我们该聊些什么？仍然有太多的人是在建立了恋爱关系甚至走进婚姻之后，才发现对方是一个自己完全不了解的人。这是为什么呢？

因为大多数人的交际和恋爱的目的性太强，只是为了博得对方的关注和爱护，为了得到对方的好感，为了建立联系而去交谈，起码有一半以上的事情没有说真话。

为了迎合对方的口味说"我也爱吃辣"，为了让对方高兴说"我最喜欢看韩剧，好想陪着女朋友一起看"，为了赢得对方的信任说"我也最恨背叛的行为了，我对人都是一心一意的"。这样的沟通和了解看似顺畅、融洽，但在相处中就会暴露所有的问题，他不爱吃辣椒也不爱看韩剧还在其次，没有忠诚的原则，喜欢跟异性网友天天暧昧，这样的人谁会受得了？

也许你会说："当时不是这样的，当时他不是这么说的……"

所以，在建立联系的初期，最好的方式不是谈情说爱，而是要寻找真实的异同点，要有辨别和包容的能力。

你喜欢吃辣他喜欢吃甜，不用觉得如五雷轰顶一般，甚至成为拒绝别人的理由；你爱看韩剧，他喜欢看体育节目，多么正常的事，请你接受他的爱好吧。当然，如果你的人生目标只是找到跟你一起看韩剧流眼泪的伴侣，那另当别论。

包容小问题，但不要纵容大问题，如果他同时跟很多异性暧昧，你只是其中一个，那么你应该认真考虑是否要跟这个人进一步交往。如果在交往时对方透露自己从事不少违法的生意，并因此很得意，那么你无论是交朋友还是找对象，都最好不要选择这样的人。

找到与对方的异同点，多发掘两个人之间契合的一面，你们就比较容易做朋友。但如果看到了自己所不能容忍的原则性问题，也不要和稀泥，因为最后还是会分道扬镳。

3.朋友之间的小约会

所谓交往，就是要增加见面的机会，而不是大家在网上互相闲扯。可以定期去朋友的家或者在单位附近找个饭店吃吃饭、喝喝茶，也可以邀请朋友来自己家里，大家一起煮个家庭火锅边吃边聊，留客人在沙发上住一晚也不错。

如果是在工作中认识的朋友，也可以增进大家的交流与合作，比如在工作上有什么问题，可以适当地请教人家，另外自己有什么资源和信息，也可以跟朋友分享。如果跟同事成为朋友，大家一起出差，互相做个伴，工作上有什么消息，互相知会一声，你在职场上会感觉轻松愉快，有安全感。

还有一些东西可以跟朋友分享，比如周末可以一起去爬山、健身、上培训课，或者大家都有男女朋友的话，来个四人约会也不错。远一些的，可以到城外短途旅行；近一些的，在城里找个小咖啡店、小酒吧，听听音乐、喝点儿东西也是非常愉快的。

关键在于你要保持着去跟朋友约会的热情，而不是三天热，四天凉，忽冷忽热，动不动就推掉别人的邀约，那你与朋友之间的关系就很难维持稳定。另外，多想一些约会的好内容也是必要的。知心朋友可以一起去看中医，互相陪伴家人去公园，陪着去相亲、看房子、办公事，只要对方有空，那你的邀请就不算是打扰。

有趣的小约会可以培养你的品位，会让你与朋友之间的感情不断升华。但要注意，不要把朋友当成一个"可利用的人"，呼来唤去毫不尊重，那会让你失去朋友。

4.乐观地面对小矛盾

如果你跟一个朋友在各个方面都很契合，友谊也发展得不错，但是你们两位各自是某个明星的粉丝，而这两位明星又有过恩怨，粉丝群体经常互相叫骂，你是否觉得这是一个大问题呢？

这个问题会直接考验你的成熟度。因为客观地说，"某明星粉丝"的身份基本跟你们的现实生活不发生任何关联，就像粉丝与某明星也没有具体的关联一样。如果一个成年人还把"我是某某人的粉丝"挂在嘴上并以此为荣，这可以充分证明此人心智不成熟。

粉丝文化属于商业社会中人为制造出来的产品，粉丝跟明星之间的关系是彻底的消费和被消费、幻想和被幻想的关系，"我们粉丝彼此都是家人""他/她是我的亲人"，这种一厢情愿的幻想根本不会改变商业关系的实质。

小矛盾发生了，不要为此难过，更不要借此去互相攻击。要知道，大家只要避开这个话题，自然可以和平共处，毫无芥蒂。

同样的道理，如果是对方买车时邀请你去，你极力推荐某款车，而对方却坚持买了另一款车呢？这仍然不是一个问题，你把朋友的事情当成自己的事，不代表你可以替对方做决定。

不要因为小矛盾而失去你的朋友，更不要因为一点点事情就大惊小怪，情绪失控地说"某某对不起我""某某伤害我好深"之类的话，为了泄愤可以一吐为快，但关系破坏起来容易，维护起来可就难了。

5.朋友带来新的朋友

交际的有趣之处就是，也许你的世界中只有自己，但随着朋友的增多，你会发现人生越来越丰富，越来越有趣。比如，你在健身时认识了新朋友，交往一段时间后，带你去他/她经常去的音乐酒吧，你因此跟他们一起结识了酒吧的老板，以后经常有机会去参加这家酒吧的音乐活动。而在某歌手的小型演唱会上，你可能发现了跟你喜欢同一首歌的人，之后你们成了真正的好朋友，在跟好朋友相处了半年之后，她对你说有个同事请她介绍女朋友，不知道你是否愿意去呢？

是的，奇迹就会在一瞬间发生，本来你只是在健身房里跟某个同伴多聊了几句，但你从此拥有了不一样的生活。当然，相信你也会怀着感恩的心情，在你的朋友失业时帮忙找工作，失恋的时候带他们出去走走，生日时送上贴心的礼物，这些温馨的行为会给你带来更多的朋友。

有了新朋友，老朋友也一样要保持联系，因为人生在不断发展，没有固定的限制。没有谁规定每个人只许拥有三个朋友，超过了就只能抛弃老的，选择新的。

接下来，谈谈说"再见"的问题。通常这根本不是一个问题，因为朋友之间的联系是双方主动才能保持的，如果你跟一个人聊了几次感觉不好，那么不再联系，大家就会自然而然地恢复成陌生人的关系。

说"再见"要注意好聚好散，完全没有必要当面撕破脸，去指责、辱骂对方，发泄自己的不满情绪，这样的行为或许会让你一时痛快，但很可能为你的生活埋下隐患。

有人误交损友后被盗用身份，被电话连续骚扰，甚至遭到殴打和谣言中伤，这些事情提醒我们，在交往中不但要有辨别对方品行的能力，而且在绝交时也要注意保护好自己的安全和个人隐私，谨慎一些，必要时就报警，不能纵容这些行为。

如果双方在男女朋友交往的初期，发现了彼此不合适，那么也不必产生厌恶的情绪，大家可以吃顿饭，从一个"不适合"的对象嘴里听到一些对自己的意见和建议，很可能会帮助你发现思考的新角度。

"玩失踪"这种幼稚的行为要不得，如果你不想跟一个人联系了，那么你可以说自己很忙，可以在约会时尽量缩短时间，也可以托别人转达你的意思，但不必关机、玩人间蒸发，这种莫名其妙的做法只会让你成为断交中失礼的一方。

交际是令很多单身朋友头痛的一个环节，大多数人都有同样的问题：为什么我的条件很不错却没有对象？为什么我明明很优秀却没有朋友？事实上，爱人和朋友都不会从天而降，你必须对生活保持热情，坚持付出，积极地去行动，你才可能会建立更健康、更广阔的人际关系。

有人会不断质疑这些做法："主动去找朋友太丢脸了，我可不会主动去要男生的电话""你说得容易，想结交朋友真的好难"。这些消极的想法除了不断阻止你的脚步，让你一无所获以外，没有任何用处。脑中闪现这些念头，只会让你更懒惰、更悲观，对现实更不满意。

爱情也好，友情也好，亲情也好，人际关系的维护需要我们用心关注、用脑思考，只有细致入微地观察和行动，才会让你得到健康、平衡的人际关系。同样，你的朋友也会让你的生活更加丰富和有趣，不断给你带来惊喜和收获。

一个人
也能很幸福·

，

为梦想而奋斗，过程即是幸福

人生的提升和转变，需要付出实在的努力

有梦想是幸运的，而让梦想沦为空想则是不幸的。

1.不要让梦想成为遗憾
2.开始现实中的梦想之旅
3.追求梦想，改变生活
4.为梦想理单，不做受害者
5.关于梦想的课程表

1_不要让梦想成为遗憾

如果说生命是父母赐予的礼物，那么梦想就是生命赐予我们的礼物。生命和梦想都是非常美好的东西，值得我们好好体验、好好追求。

梦想是生活的发动机，而不是绊脚石，更不是用来逃避生活的空中楼阁。靠着空想、幻想去满足自己，而不是身体力行，那么梦想也就不能称为梦想，永远只是一个渺茫的梦幻，永远只会用嘴巴说说而已。

经常会听到父母辈的人感叹说："唉，真遗憾自己为什么没有上大学呢？"理由有很多，"出身不好"是最常见的，其次有经济原因、家庭原因等很多不同的说法。

好的，让我们来仔细追究一下父母辈的"大学梦"实现的可能性。我们会发现，1977年已经恢复了高考，之后连续几届的大学生都并不是纯粹的"应届生"，很多人当时已过中年，早已成家立业。但他们是真正决定了"我就是要考大学""我要实现我的梦想"的那一批人，于是通过高考他们实现了梦想。

接着，20世纪80年代的函授教育、成人教育开始兴起，到20世纪90年代教育产业更是遍地开花，2001年高考取消年龄限制，马上就有年过五旬的考生通过普通高校正式考试并被大学录取。

如此多的途径和通道，对于成年人来说，实现一个"大学梦"很难吗？

当然，我们不排除求学的艰辛，要同时兼顾学习和家庭、经济压力之类的原因。但是，如果那真的是你一生的遗憾，为什么不多付出几年的辛苦去弥补这个遗憾呢？

好的，我们暂时接受各种解释，包括经济啦，家庭啦，孩子啦，工作啦。就算因为这些让很多父母辈的人丧失了上大学的机会，不能去实现梦想，接着我们又会发现新的问题。

很多服务行业中的年轻美发师、美容师、上菜的服务员、服装导购，他们也有同样的抱怨："唉，我们没有机会上大学，真是遗憾。"

他们的年纪是肯定不会有年代的局限性了，"出身不好"是不可能成为借口的，最大的原因会是经济困难，因为家里穷，因为弟弟妹妹多，也会有很多人承认自己中学读书没读好，不愿意继续上学了。

教育产业已经发达到通过远程教育也能拿到文凭的程度，各种大学都有自己的培训课程，高考一再扩招，在这样的前提下，"大学梦"对每个人来说都是触手可及的，需要做的无非是选择学校和专业，准备好相应的费用，然后报名，之后参加考试，最后结业，这个梦想就可以顺利地完成了。

但即使这样，他们仍然不愿意去做，仍然继续做头发、上菜，继续对前途充满抱怨："没上成大学，真是一辈子的遗憾啊。"

他们攒了钱，宁愿先去买一双名牌的鞋子，而不是考虑是否为学费做准备。有不少收入不错的美发师，他们会先买辆便宜的车，表示自己进入了"有车族"；有些漂亮的女性销售人员把每个月的工资都在衣服和化妆品上花个精光。

所以，在不同的年代很多没有上过大学的人都把"大学梦"挂在嘴上，这应该是我们最常听见的一个"普通人的梦想"。那么，这个梦想的真相我们可以看得更清楚。

是否真的因为现实中诸多客观原因导致了梦想的远离？还是说大多数人仅仅是在空想，并没有为了梦想而付出真正的努力？

很抱歉，答案是后者。

每个在非常年代实现了大学梦的成年人都付出了自己的代价，他们在"文革"时期仍在坚持读书、搜集资料，哪怕结婚生子，哪怕已经有了安稳的工作，一听说有高考的机会，马上参与到考试中去，一年考不上还要继续考。这些人有的实现了梦想，有的最终在高考中确定了自己没有进入正式大学的机会，之后他们还是选择继续深造，去念函授大学，或者自己靠着词典自修外语。

他们跟那些口口声声说"没上大学真遗憾"的人是一样的人，区别只是那些人不敢去追求自己的梦想，安于上班下班，伺候老人孩子，而他们却在工作和生活中努力挤出时间去学习，去为自己的梦想勤劳地付出。

同样，在中学时自动或者被迫辍学的年轻人中也有人一边打工，一边报考成人教育，一边还上着电脑或外语的培训班。在别人拿到大学毕业证的同时，他们也一样有了文凭，而且还有专业实用的技能来帮助他们找到合适的工作。还有一些更加勤奋和上进的人，他们会靠着同等学力去考研、读博、出国，最终学历甚至超过了那些通过高考进入大学的人。

毫无疑问，他们要付出的更多，要独立生活，自己赚出生活费和学费，要安排好工作和学习的时间，也要看清楚自己的职业方向和求学的前景。

"大学梦"的真相能告诉我们什么？梦想从来不是一个华丽、空洞的词汇，梦想更不是现实生活中的绊脚石，梦想是真正的发动机，它让我们保持着热情和勇气，促使我们不断付出自己的时间和努力，去把梦想变成现实。

"大学梦"之外的梦想是什么呢？你是否也想过要当歌星、书法家、作家、设计师？这些想法是不是你一遍遍地对别人说起的"一辈子的遗憾"？

等你成年之后，请不要把自己的梦想作为一种缅怀。你已经对这个世界有了充分的了解，完全可以继续为了梦想而努力。

想当歌星的人，你要坚持练唱，找一切机会去表演，哪怕只是在年会上、别人的婚礼上表演也好，但也许坚持下来你就可以参加一些商业演出，也许你的水平不断提高，会有一些酒吧找你去演唱，也许有一天，你会被某个唱片公司相中，成为签约歌手。或者更干脆一点儿，也许你上传了一段视频到网络上，被网民奉为"神曲"，这些事情是有可能发生的，也真实地发生在周围的人身上。

但如果你连开口都不敢，连在单位里唱首歌都扭扭捏捏，你根本不愿意跟外界交流自己的歌声，那么扼杀你梦想的不是别人，而是你自己。

同样，写作、书法、设计、绘画、音乐……任何梦想都可以在现实中找到循序渐进的道路，你不肯去走，只是坐在那里说"我有这方面的梦想"，也确实有点儿天分，但你只是在等着天上掉馅饼，如果有了一些微小的机会，你也丝毫不当一回事，那你又有什么资格在那里说自己是个追逐梦想的人呢？

真相恐怕是你一直在等着梦想来追逐你吧。等着自己随随便便就被人发现了你的盖世才华，随便一唱一跳，随便写点儿什么就会受到万众瞩目，随便走在街上就被星探发掘——会有这样的机会吗？确实有这样幸运的人，少而又少的机会降临到他们的头上。但这个概率如此之小，甚至小过中彩票的概率。

你是一个等着中彩票的人，还是一个为了梦想不断努力的人？你是把梦想当成生活中的种种抱怨的一项，还是把梦想当成燃烧自己的动力，勇于付出？

等过了青年，临近中年，你是在不断接近自己的梦想，还是在逐渐远离？你教给孩子的是满腹牢骚把责任推卸给家庭和社会，还是让孩子看到，自己的父母是为了追求梦想而踏实前进的人？

所有的这些完全是由你自己决定的。不要让你的梦想成为遗憾，因为后悔和抱怨对人生毫无益处。

1.立即停止你的"遗憾"和"自责"，着眼现在，看看你到底能为梦想做些什么。

2.停止抱怨环境和他人，不要反复强调各种梦想无法实现的理由，却忽视了自己的主观原因。

3.抛弃那些"已经太晚了""来不及"的想法，学习永远不会晚。

4.你的现在是最重要的。你现在所做的一切将会决定未来，而沉湎于过去只会让你的现在更糟糕。

5.唯独接受"现在"，才能感受到幸福，永远惦记着你过去的"遗憾"，那你就永远是个"不幸"的人。

2_开始现实中的梦想之旅

让我们来继续追问"为什么实现不了梦想"这个问题。除了"大学梦"之外，我们来看看"明星梦"。

观看港台综艺节目时，稍微留意你就会发现，港台的综艺嘉宾表面上只是赶一些无聊的通告，聊聊话题、逗个乐子、做下模仿，靠这些"谁不会啊"的才艺混日子。但实际上，不少所谓的"谐星"有歌唱和跳舞的天分，并非看起来那么肤浅。

但为了保证自己的曝光率，为了不被观众忘记，为了未来有一天可以等到真正属于自己的机会，他们日复一日、年复一年地做下去，也许等到一部适合自己的电影，等到一首会唱红的歌，等到一个备受关注的节目，不管是什么，哪怕是电视圈中一个稳定的职位，他们也会坚持下去，一旦放弃，从此就跟梦想断了联系。

同样，很多音乐人、歌手、金牌制作人都是出身于最底层，给别人做助理，跑腿、打杂什么都做，之后才能深入到音乐制作的程序中去，慢慢地有了自己的作品。在你喜欢的大明星、大制作人中，很多人都有这样的经历。

那么回到现实中，不少年轻人——包括你在内，看了综艺节目、电视剧，在KTV把某一首歌唱得还不错之后，就开始做起了明星梦："我也很有才华啊，我的外表也不差啊，我呀，注定能当大明星，可惜就是运气不好，怀才不遇。"

所谓运气指的是什么呢？是一觉醒来你的大名就传遍全国，成为所有人关注的焦点吗？请问，你被关注的点是什么？你的作品是什么？即使是芙蓉姐姐和凤姐这样的网络红人，也要靠一些超级雷人的照片和言论才能走红呀。

你又会说："我没有贵人扶植，比如某某明星、某某歌手，人家都是家里人捧红的，再比如某某演员，全靠经纪人厉害。"

好吧，那请问你花了多少时间去寻找一位能捧红你的经纪人？还是你只是把"经纪人没有找到我"作为无法实现梦想的借口？

继续深入下去，你的"明星梦"如果已经启动，你不断地在网络和媒体上寻找招聘机会，去各个演艺公司、唱片公司、经纪公司投简历、面试，去各个电视台碰运气，那么你已经走在了追求梦想的路上。

如果你开始了演出，在校园、校外，在一些可能不那么靠谱、收入也很少的小公司、小酒吧，那么你已经是一个准专业的演艺人士。

如果你还在不断努力，通过参加一些培训班提升自己，多给自己寻找演出机会，多去认识正规行业中的人，那么你的机会又多了很多，很可能会有一天，某部戏剧、某部电影中会闪过你的脸，也可能你会进入一家公司，真正成为一个演艺行当中的人。

当然，最有可能的是以上这些机会都对你关闭了大门，都在不断地告诉你说："不行，你不适合当明星，你不适合当歌手，比你会唱、比你美、比你会演戏、比你搞笑的人多得是！"

那么，你还是可以选择：另找一份安稳的工作，站稳脚跟，再寻找机会——是谁说这样就要绝望了，没办法活下去了？那你真的有必要看完下面这个故事：

一个人在出生时被护士弄坏了脸，终生面部神经有问题，表情僵硬，声音低沉。他学习成绩不好，转学十几次，除了体育不错之外一无是处，就这样他还是想当明星，想尽办法去学表演，所有的表演课老师都苦口婆心地劝他"算了吧，你干不了这一行"。

他只好转行做编剧，却仍然无法出头，但坚持了很多年之后，他终于写出了一个剧本，并主演了这部电影，成为当年最卖座儿的影片。

这位大明星就是史泰龙先生——《第一滴血》的男主角兼编剧。

是的，随便翻开一本励志书，我们都会发现很多类似的例子，一个基本条件并不算很好、机会也不多的普通人却突破了各种限制，成就了自己的梦想。

要付出比常人更多的努力和坚持，并且不断接近你梦想的职业，如果你暂时不能做明星，那么你可以做工作人员——做场记、做助理、做编剧，从基础的工作做起。之后努力去寻找属于自己的机会，努力去创造新的、与众不同的东西。

对于你的梦想，请始终不要放弃。

明星梦应该是最普遍也最不现实的一个梦想，为什么有人可以实现，而有人却不能呢？

要知道，并不是所有的明星都是最美丽、性格最好、最有才华的。答案在于他们持之以恒地付出、寻找、积累，坚持目标并让自己乐在其中。

1.要对你的梦想有所了解，而不是单纯地说"我想当明星""我想上大学"就了事。

2.要有决心为了自己的梦想付出努力，而且要耐心地坚持下去，不能半途而废。

3.在现实中寻找更多支持你的梦想的理由，而不是寻找更多让自己泄气、放弃的理由。

4.不要轻视微小的机会，那可能就是你的梦想的基石。

5.不要崇拜、迷恋偶像，要看到偶像的奋斗经历中的关键点，提醒自己是否也可以做到。

3_追求梦想，改变生活

　　一个人可以非常清贫、困顿、低微，但是不可以没有梦想。"只要梦想存在一天，就可以改变自己的处境。"美国最成功的主持人奥普拉女士如是说。

　　Peter经常为自己的生活感到困惑，作为一个30岁的男人，他有一份稳定的工作，收入不错，在家人的资助下买了房子和车，接下来就是娶妻生子，美满的人生似乎就这么顺理成章地实现了。

　　"我觉得自己的生活太糟糕了，很少有什么开心的时候。开车遇到堵车很不爽，上班跟同事没办法相处，工作其实并不是我喜欢的，房子太小，车根本就不是我想要的那款。接下来，我还要结婚生孩子，我都不知道该怎么面对，是不是人长大了，理想就在现实面前破灭了呢？破灭之后，还谈什么幸福呢？"

　　这是Peter的问题，也是很多单身男女在思考的问题。但是，很

少有人愿意追问自己下一个问题：

你的梦想到底是什么？你到底为了自己的梦想付出了多少努力？

这两个问题会让大多数人哑口无言，因为他们内心渴望的不过是"轻松赚到一笔大钱""住豪宅，开好车，周游世界""真心爱我的人从天而降，从此过上幸福的生活"。

而如何去获得财富、爱情、名望，中间艰辛的过程是被有意忽略掉的。如果真拿这些东西来鼓励他们，他们反而会说："哦，我可不想那么累，我这个人就是想过简单的生活，平平淡淡才是真。"

然而，过着平淡生活的同时他们又开始抱怨梦想远离了自己，抱怨自己的生活如此无聊、沉闷，自己的才能和想法没有得到充分发挥。

每天过得乱七八糟，作息毫无规律，身体长期处于亚健康状态，没有任何爱好和兴趣，开口不是"父母毁掉我一生"就是"社会不公平，某某人对不起我"，抱怨起来滔滔不绝，但实际上是连一碗面都不肯为自己煮，只会叫外卖，然后继续抱怨外卖油腻、不卫生，送外卖的人黑心。

虽然找了一大群可以抱怨的人，但这些人是不会对你的生活负责的。承担起现实责任的只有你自己，你的生活过得好还是不好，在于你自己。

在这个信息时代，我们可以看到很多活得异常精彩的人，他们不见得是大名人、超级明星，但他们在生活中游刃有余，我们经常可以在他们的博客上看到这样的留言：我想成为你这样的人。

可以确定的是，除了天分和机遇外，他们一定为了达到这样的生活目标奋斗过、燃烧过，尽管有人愿意承认，有人更愿意显得自己漫不经心地就得到了现在的一切。

Jane在"是否考研"这个问题上足足犹豫了三年，而且每一年都会因为年纪纠结一番，从25岁到28岁，她的工作、收入逐渐变好，就职业前景来说，她也不确定自己读研之后是否能再获得这么好的工作。

但内心的渴望最终战胜了这一切，Jane在工作异常繁忙的情况下准备考研。

"那段日子真是不堪回首啊，每天4点就起来看书，看到8点又要开车去上班，晚上有时加班到深夜，回家之后吃点儿东西又要做题……经常半夜时忽然就醒了，抱起一本专业书就看，高考前都没这么累过。"

接到录取通知书的时候，她觉得一切辛苦都是值得的，而在自己喜欢的专业和导师面前，那份薪水不错的工作也显得没那么重要了。

在大学校园里，Jane和一位博士师兄擦出了火花并喜结良缘，而在她怀孕三个月的时候，她又参加了博士考试。"考不上也不要紧，我要告诉宝宝，如果你真的热爱学习，什么时候去考试都不晚。"

在宝宝会叫"妈妈"的时候，Jane考博成功，丈夫留校任教，这时她回想起当年对考研的犹豫和纠结，只有一笑而过。当年的同事有些还留在原来的部门，有几个升了职，还有一些换了公司，在行业中继续奔波，如果她没有走这条路，现在也是他们当中的一员，那样的生活不是不好，只是并非她内心真正想要的东西。

"我经常对那些为了学业和职业困惑的学妹说：'不要怕，你想要什么就得专注其中，好好努力，连我这样年纪又大、又带着孩子的人都能做到，你有什么做不到的？'"

Jane始终觉得，自己的考试经历是生命中的重要收获，虽然在压力巨大时也想要放弃，但坚持下来还是收获颇丰。

在我们的人生中，经常会有各种各样的想法激励着我们去拼搏和奋斗，能坚持下来的人很少，能实现自己的梦想的人就更少了。上一代人喜欢用革命语言鼓励自己，认为人生最幸福的事情是为了"解放人类的事业奉献自己"。

对今天的我们来说，人生最幸福的事情应该是什么呢？我们应该为了自己的理想做点儿什么呢？这需要好好地想一想。生命，不燃烧也是要过的。

Tips

1.不要害怕生活的改变，要努力去掌握自己的人生。

2.想得到更多，就要付出更多的勤奋和努力，也要承担放弃的风险。

3.尽量多地学习，让专业知识和技能来加强你的竞争力。

4.敢于想象不一样的生活，敢于接受挑战。

5.不怕辛苦，辛苦之后的幸福感和成就感会来得更强烈，也更切实。

4_为梦想埋单，不做受害者

在别人的眼中，Tracy是一个活得非常精彩的年轻女郎，因为她除了有一份外资企业的正职外，还兼职做某杂志的平面模特。同时，她甜美可爱的外貌也吸引了不少网店的注意，邀请她做服装模特。

但只要跟Tracy交谈几分钟，就会发现她对生活异常厌恶："哎呀，你都不知道我有多忙，我整天都要累死了，东西也不敢多吃，怕胖，闪光灯总是闪得我睁不开眼睛，工作太多了接不过来，接到了活到手的钱又没有多少……哎呀，生活真辛苦，我以后不干模特这一行了……"

等到你真的劝她不要做了，好好地做好公司的工作，至少很轻松也很健康时，她会睁大那双做过手术的大眼睛，惊讶地看着你说："你怎么可以这么说呢？这可是我的梦想啊！我将来可是要做一流的模特的，我还想进演艺圈做大明星呢！"

不到一分钟，她又开始喋喋不休地抱怨。

这是一个典型的"梦想受害者"，一方面，他们明明是在积极主动地实现自己的梦想；但另一方面，他们不断地传递出消极的信息，让别人相信梦想伤害了他们，拖累了他们，让他们不能生活得更好。

他们在"梦想受害者"中算是比较高级的一类，因为至少他们还是有一些收获的，但毫无疑问，如果他们继续把梦想当成消极的东西，他们是无法取得更大的成就的。

各个行业中最优秀的一批人大多数都会说："我很享受我的工作，我做的就是我喜欢的事情。"而"梦想受害者"则会说："我不得已，我是被迫的，我太累了，我没办法，我好想休息。"

"辛苦""疲倦""压力大""时间太少""钱不够用"……这些是我们经常听到的话。但如果说我们是为了梦想、为了幸福而做出的应有的努力，那么是否还会如此委屈、如此满腹牢骚呢？还是一定要让别人相信，你是为了梦想做出了根本不成比例的牺牲，梦想让你丧失了人生的幸福呢？

你有能力坚持自己的梦想，就有能力为自己的梦想埋单。承担起自己应该担负的责任，而不是去发泄、去逃避，甚至是去唤起别人的关注，靠着别人的肯定和鼓励去支撑自己。

梦想需要时间、精力的投入，也需要金钱和人际关系，一个心怀梦想的人会对自己提出更大的挑战。梦想是我们自己选择的，也是靠我们自己去经营的，并不会因为你的拼命抱怨和满脸焦虑就变得轻松一点儿。

如果你想到，我走在实现梦想的路上，不管我要付出什么，我有能力做到更多、更好，我有信心一直走下去，那么你就会在繁忙的工作中享受到乐趣，让自己开心地奔波在上课、兼职、工作、培训的路上，你也会主动地去完成自己的作品，无论是一幅画、一本小说还是一件手工作品，你也会去不断地联系相关行业的人，不怕被拒绝，不断地推荐自己，直到被接纳。

因为这是你选择的，因为你心甘情愿地去做，因为这是你的梦想。这样的心态带来的不是痛苦、迷茫、理想的重压，而是很高兴地去做自己喜欢的事情，并把自己的才华发挥到最大值。

有很多人走过了艰辛的梦想之路，大明星要练唱、练舞、拍戏，企业家要去洽谈一桩又一桩的生意，然后去执行、推进，画家、书法家、钢琴家的所有优秀的作品都是经过长年累月的练习才达到了炉火纯青的地步。

再看离我们比较近的梦想：要移民的人去咨询、填写表格、通过面试、练外语，可能还要参加一些语言考试；要留学的人除了学习语言以外，还要学习专业知识，寻找合适的学校和导师；到了国外，要寻找居住的地方，要找到兼职工作来获得生活费用，将来还要找份稳定的工作，安居乐业。所有的这些，若不是一步步去做，又怎么能变成现实呢？

别人羡慕的只是明星在台上的风光、企业家的财富、艺术家的天才，连在国外生活的人发几张门前花园的照片，也会引来赞叹声无数。那么，他们背后的付出谁关心呢？

这些人愿意为自己的梦想埋单，而你做到了吗？还是仍在发牢骚和抱怨中，摆出一副"受害者"的模样，颠簸在追求梦想的路上呢？

1.享受你追逐梦想的过程，不要让疲惫、牢骚、抱怨充满你的生活。

2.在忙碌之余也要学会放松和调整，不要因为透支体力而毁掉了健康。

3.释放你的成就感，看到更高、更好的地方没有错，但必要的自我肯定也不能忽视。

4.你是一个主动的追梦人，你不是受害者，你为自己的梦想在前进，不要把如此积极的行动看得很糟。

5.积极行动会给你带来相当大的压力，因此要有一套自我减压的方法。

5_关于梦想的课程表

在下定决心一步步实现自己的梦想后，让我们一起来制作专属于你自己的课程表吧。

举个例子：

听说黄山风景很美，我很想去。

好的，这是一个生活理想，请不要随口说说就算了，你需要考虑的问题包括：

以什么样的方式去黄山，跟团还是自助游？

你有多少预算，打算什么时候去？

如果是跟团，你是否对比了各家旅行社的线路安排和游客的评价呢？

如果是自助游，你查阅了多少关于去黄山旅游的攻略，是否把一路上的吃住行都落到了实处呢？

把这些问题都一一回答之后，你将得到一份"如何去黄山"的简单行程，下一步就是准备好足够的钱，确定时间，出发即可。

再举个例子：

小时候看了很多港剧，一直梦想着去香港生活。

好的，你需要考虑以下问题：

你所做的工作是否跟香港有交集，比如有香港分公司，或者是因为业务经常去香港出差？

可以多寻找香港公司在内地的工作机会，如果你进入香港公司的内地分部工作，也一样有机会去香港公司工作。

要多接触关于香港的一切，包括他们的语言、文化、风俗，考虑自己是否适合那里的生活。

多去几次香港，细心了解当地的生活水平，也要考虑你自己的条件是否很容易在那边找到工作。

制作一份双语简历，可以先考虑寻找一些香港公司的兼职，之后再将其转为自己的正职。

要看看政府关于获得香港居民身份证的各种条件，看自己是否符合，如何做才能符合。

把这些问题都一一弄清楚，你在香港生活就不再只是一个空泛的梦想，开始有了大致的概念。下一步是明晰每一个步骤，让自己去实践这些细节，准备好一切手续，找到了在香港的工作，在那边也看好了房子，就赶紧搬家吧。

梦想课程表的唯一要求就是"实"。要真实、翔实、踏实，有关键的细节，一步步地去做。

不切实际的梦想课程表是这样的：

梦想是考某个职业证书，然后买了一堆参考书。

于是开始抱怨：

天哪，试题实在太难了，专业书又这么多，我要看到什么时候呢？

今天有个朋友聚会，正好偷懒一天，趁机不看书了。

听说考试可以作弊，我去查查作弊的方法吧。

男朋友跟我闹矛盾，哪有心情学习？

哎呀，下周就要考试了，我可怎么办？！临阵磨枪好了……

如果你没有通过考试，这很奇怪吗？

如果此后你羡慕别人通过了考试，有了专业人士的资格，不断升职加薪，这很奇怪吗？

你是否还能说出口：我的理想啊，就是做最好的注册会计师！

再拿旅游做例子：

我的梦想是去香港迪士尼乐园。

以下是实现梦想的步骤：

查香港旅游攻略——资料太多，看得人烦死了。

办理港澳通行证——还要回老家去办，实在不想回去，太没劲了，办个假证可以不？

做好预算——怎么会用这么多钱？我总共只有2000块，能去就去，不能去就算了。

时间安排——路上那么累我还是在家睡个懒觉吧，很多地方去不了也不是我的错。

交通和饮食的细节——吃饭这么贵，讨厌；我都不认识路，讨厌；买东西品种太多，谁能帮帮我啊……

最后的结果是，小时候的梦想都是肥皂泡，什么玩意儿啊？迪士尼也不过如此，太没意思了，不好玩。

这两种不同的梦想课程表之间的区别是显而易见的，前者积极务实，后者把现实的操作当成烦恼，不是企图靠捷径来解决，就是想依靠别人，或者干脆逃避这件事。

那么，谁能真正实现自己的梦想呢？

我们知道，辛苦地复习功课，英文和专业课的基础都非常扎实的人在考研时得了高分，这一点儿也不奇怪；每天风里来雨里去地做生意，一分钱也不肯放过的人，后来家道殷实、财产可观，这也不奇怪；而退休老阿姨和大二学生一起都做了"背包客"，一年走完十几个城市，这也不奇怪。

因为他们都是有梦想的人，并且为自己的梦想付出了实实在在的努力，最后实现了自己的梦想。

同时，也请你问问自己，你的梦想还在吗？你的梦想是什么？你为梦想付出了多少？你是否把时间和金钱都花在上网聊天和更换手机上了？

　　你有没有把自己的梦想细分成一个个可行的步骤，一步一步地去实现呢？

　　如果你并没有做，每天只是在抱怨现实生活，在空想有一天你将如何如何，那么这样的梦想通常也只能停留在梦中，作为现实的麻醉剂，给你片刻精神上的安慰。

　　梦想无法实现，那不是梦想的错，不是现实的错，更不是社会和父母的错，而是在于自身，只有多付出，才会多收获。

　　很多人常说自己的理想无比卑微，只是想吃点儿好吃的东西，或者只是想去杭州看看西湖。那么，你应该从现在开始，从你身边的某家饭店开始，在菜单上挑选一道价格适中的菜，好好品尝。今天的菜不好吃明天换一家，钱不够用的话一周去一次或者一个月去一次，长此以往，你可以吃到很多不同的菜式，也可以了解到很多菜的做法和口味。去杭州看西湖，你第一时间就应该去查从你的所在地到杭州的机票或者火车票价格，在生活中省出这笔预算，然后用大约三天时间旅行吧，杭州的景点通常一两天就可以逛遍，如果只是喜欢西湖的话，大可以在湖边发待上十几个小时，了却你的心愿。

　　有的人的理想无比现实，比如35岁之前要赚到多少钱，或者是要买到一栋房子。好的，那你要先看自己现在的收入水平，能有多少积蓄，然后你要看自己在行业中有怎样的发展，之后还要考虑自己是否需要在本职工作之外再做份兼职来增加收入。同时，你也要减少一些不必要的开支，不要乱买东西，也不要出去大吃大喝。每一年你都像公司一样做个盘点，看看自己的积蓄又增加了多少，之后的收入又可以增加多少。在观念日益开放的今天，下班后开车去夜市摆地摊的白领大有人在，这没什么问题。

你不去做，你就会始终被梦想困扰。想吃好吃的东西，自己却每天以方便面度日，懒得出门，也懒得动手做点儿新鲜的饭菜，那你梦想的是天上掉馅饼吗？想去看西湖，念叨了几年之后，你连杭州在哪个省都不知道，连自己所在的城市的火车站都没有去过，那么西湖当然只能停留在你的嘴边，等你退休了再去吧。

想发财买房，你不愿意努力工作换取升职的机会，你说上进、勤奋的人都是马屁精，靠潜规则上位，那些下班后摆地摊的人更是掉进钱眼儿里了，你坚持迟到早退，马马虎虎地混日子，每天工作8小时有4小时都在聊天和泡论坛，某些小游戏当然要背着老板玩个够——你在糟蹋谁的时间？你又在浪费谁的钱？

别人住进了大房子里，你还在住出租房，这难道不是很公平吗？

你应该有一张详细可行的梦想课程表。你应该为了你的梦想去无条件地付出，去拼命努力。

你能换来这世界上一切美好的东西，只要你好好奋斗。纵然不会大富大贵，至少小康安乐；纵然没有走遍世界，但你在你喜欢的城市里都已经留下足迹；纵然不是顶级美食家，远客来访你总能带他们吃到一些特别的美味佳肴。

梦想是空幻的，努力是实在的，沉浸在空幻中很省力，但人生需要可以把握的实在的东西，从来不容你偷懒取巧。

Tips

1.确定你的梦想，你可以有很多梦想，按从小到大的顺序去安排自己的时间。

2.先从最小的目标做起，详细分解这个目标有哪些步骤。

3.如果需要钱，那么就每天攒一点儿。如果需要时间，就每天付出一点儿。

4.在一段时间内，你的目标就是生活的重心，要为了自己的目标全力以赴。

5.完成了小的目标之后，你会更理解梦想的意义，也会让自己更有信心去完成大的目标。

6.如果害怕自己忽视梦想，就把你的梦想课程表贴在冰箱上、放在床头旁、记在手机里，或者为自己的计划开一个专门的博客，记下你的行动。